U0001246

我也不知道自己想要什麼

내가 원하는 것을 나도 모를 때

全承煥 著 簡郁璇 譯

前言
默默待在我身邊就好

我真正想要的是什麼，是否確實過得很好，往後又該怎麼過才好呢？儘管人生即是一連串的提問，但要憑個人的力量尋找解答卻不容易。

為什麼內心老是感到失落、虛無呢？

為什麼與人往來會如此令人疲憊呢？

為什麼每天認真生活，卻一點都不幸福？

如同遺失靈魂般的生活著，難道這就是人生嗎？

當這類提問持續在腦海中打轉時，我們經常會彈性疲乏，什麼都不想做，可是淚水卻又在某一刻冷不防地奪眶而出。為了尋找解答，我們無暇苦惱，也沒有撫慰疲憊身心的餘裕，只能每天焦頭爛額地生活，所以壓抑多時的情緒才會爆發吧？

當我們的步伐配合世界忙碌流動的速度久了，內在就會在不知不覺中消耗殆盡，內心的一隅也會被刺穿一個洞，等於失去了完整的樣貌生活著。如此彷彿被時間的洪流沖走般的日子過久了，就會連自己真正想要什麼都毫無頭緒，無論做任何事都不快樂，別人的安慰也起不了作用，即便想要獨處，另一方面孤單卻又如潮水般襲來。

我也曾經如此。每一次，都會有人給我這樣的建言。

「沒關係，一切都會好轉的。」

「再加把勁，因為你夠堅強，一定能辦到。」

這些話明明是說來安慰人的，我卻依然只感到力不從心。我並沒有特別想要變強，或需要更多一路披荊斬棘的強大力量，況且我也不想再更努力。仔細想想，每個人的人生方向和模樣本來就各不相同，我卻向他人詢問我要前進的方向，試圖用不屬於我的東西填滿空缺，這件事無疑是本末倒置。

如今我才似乎稍稍明白，有時比起直接的建言，靜靜陪伴所帶來的安慰更能深深觸動人心。也就是說，幫助我自行檢視內心，比什麼都來得重要。

我也不知道
自己想要什麼

假如你的想法和我相同，那我想把與一本書、一行句子相遇的時間相贈予你。我在過去七年間以「讀書給你聽的男子」的身分活動，每天透過臉書和KakaoPage跟大家分享美好的文字，橫跨不同年齡層、職業、性別的讀者深感共鳴，紛紛說這些句子是「讀懂我內心的文字」。

剛開始，我只是把自己喜歡的句子上傳而已，卻有許多人表示深有同感，我一方面感到吃驚，一方面也很好奇箇中原因。不過冷靜想想，我才發現在痛苦時傳達真正必要安慰的，往往是書與文字。書不會向我們提出任何要求，也不會索求任何代價，它只是默默地站在我們身旁，協助我們檢視內心深處。此外，書可以橫跨時空，扮演交流的媒介角色。當我們知道並不是只有自己經歷眼前的困境時，當我們知道在這世界的某個角落，也必然有和我一起克服相同困難的人時，我們因此獲得了無與倫比的慰藉。

讓我產生共鳴，給予我莫大安慰的人生箴言，都收錄在這本書中，而這些句子，也是我以「讀書給你聽的男子」的身分活動時，許多人深有共鳴的文字。但願這本書能稍稍理解你那疲乏孤單的心，成為你隨時都能放鬆休憩的歇腳處。在任何人都是初次行走，因此難免徬徨的人生中，願它能成為照亮你的前路的小小營火。

因此，但願一句話的力量，能讓你的靈魂找回溫度，受傷後再次露出微笑，活出比任何人都堅強、屬於自己的人生。

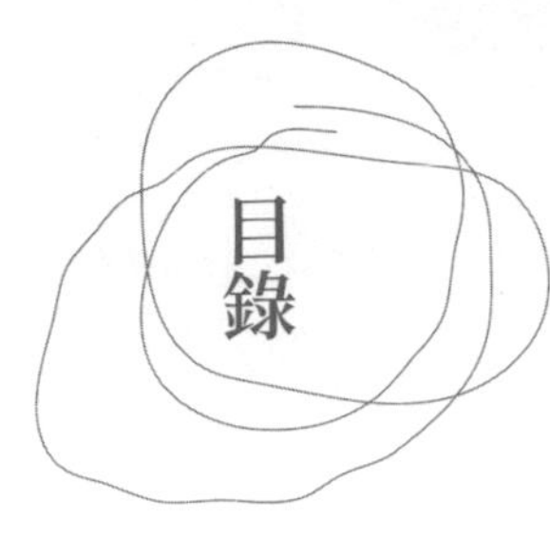

目錄

Chapter 2

當「加油」無法安慰你時——檢視我的時間 77

Chapter 3

留在我身邊的人，跟我保持距離的人——檢視我的關係 179

Chapter 4

完全活出自我——檢視我的世界 237

Chapter 1

彷彿有人在問我好不好

#檢視我的情緒

在內心深處聽見了悲傷的聲音

即便是看似天下太平的人，去敲敲他們的內心深處，某個地方也會發出悲傷的聲音。

夏目漱石的《我是貓》是部以貓為主角的諷刺小說，從沒有名字的貓咪視角凝視的人類社會，作者描寫得既尖銳又愉快。我尤其喜歡這段話，雖然我們表面上若無其事般開朗，實則卻隱藏內心深處的悲傷生活。

壓抑多時的悲傷，就算沒有特別的契機，也會無預警地找上門來——在上下班的途中、在用餐之際、在入睡之前，突然便有了那樣的心情。儘管我們的日常生活原本就是由無數喜怒哀樂交織而成，但當悲傷與需要安慰的日子比開心快樂的日子多的時候，任誰都會感到疲憊不堪。如今，日常生活被平凡的不幸填滿的人逐漸增加，這的確是很令人哀傷的事。

倘若走在路上不經意看到枯枝，卻覺得那猶如自身的投影；深夜走在空無一人的巷弄時，突然感到一陣空虛，那麼現在的你就需要安慰。

當悲傷冷不防地找上門時，有個方法能撫慰我的心，我會讓自己變得更加孤單。坐在椅子上，翻開一本書，讓自己變成全然獨自一人，接著尋找能夠引起心靈迴響的故事或句子。接著，當心靈被什麼驀然觸動時，我便會不由自主地淚如雨下。這時只要在心情徹底獲得紓解之前，盡情哭泣就行了，不必在意他人的目光，獨自往下走到情緒的最底端，誠實地面對那裡面的東西。

當然，即便如此，也不代表所有問題都能獲得解決，不過內心會變得格外輕盈，全身也會產生力氣。詩人鄭浩承曾在〈關於谷底〉詩中形容這種心情：

曾經去過谷底的人說，
終究谷底是看不見的。
雖然看不見谷底，卻一路走向了谷底，

我也不知道
自己想要什麼

唯有走到了谷底，才能夠再次回頭。

踩著谷底，堅毅地站起身的人說，
雙腳再也碰不著地面，
就算雙腳碰不到地面，
卻踩在谷底上站了起來。

曾經從谷底盡頭回來的人也說了，
再也沒有更多路可走了，
因為沒有路，所以有了路，
因為看不見，所以才看見，
只不過是踩著站起來罷了。

能夠來到我們內心的深處，發現那藏在其中的悲傷並傳遞安慰的人並不多。唯一能夠做到這件事的人是自己。不可否認的，我們當然有迫切需要他人安慰的瞬間，需要能夠依靠某人、分擔悲傷的時間，但偶爾我們也需要正視並安慰那份悲傷。這時，書中的句子會迎面走來，伸出手並向我們搭話，要我們試著全然集中在自己的情緒和內心，答應陪伴在我們身邊。

老實說，本來我以為這種想法，僅是愛書的我的個人偏好，但當我閱讀評論家申亨哲的《學習悲傷的悲傷》後，對原因有了更進一步的瞭解。

「文學不是安慰，而是拷問。」這句話固然沒錯，但偶爾文學能夠帶來安慰的原因，在於那是深知痛苦的滋味之人所說的話，對於置身痛苦的人來說，唯有那種人說的話聽起來才顯得真實。

悲傷與痛苦的形式有很多種，因此我們也需要各種形式的安慰。我們需要自我安慰，也需要從其他人身上獲得安慰。痛苦時，有個能夠吐露心聲的朋友的話一定很棒吧？即便對方無法百分之百理解我的內心，但吐露心聲這件事本

我也不知道
自己想要什麼

身就能帶來安慰。相反的，我們也同樣會透過安慰某個人的心而安慰了自己，因為所謂的安慰，即是相愛的人彼此分享內心的行為。只要飽含真心，安慰就能輕輕地拍撫所有人的心。

偶爾，我會產生天馬行空的想法。「這世界上有無數的悲傷，而所有人都需要安慰這件事，或許是人生中最棒的部分。」因為倘若我們沒有悲傷，也不需要安慰，也就不會試著去面對深層的內在或理解他人的悲傷。

以講授詩而聞名的鄭在燦教授，打動了無數理科學生的心，他在《給遺忘詩的你》中如此說道：

> 本來就會有無論如何努力也看不見希望的時候，此時的世界絕望得彷彿連絕望也不存在。就連絕望也不存在，這即是絕望；就連悲傷也不存在，這即是真正的悲傷。像這樣看不見希望的時候，詩人說，那就去成為創造希望的人吧。既然沒有，去創造就行了，這是詩人的樂觀，也是詩人的希望。置身在這樣的世界中，我們必須選擇的路就只有愛。唯有愛人才是希望，唯有創造希望的人

彼此相愛，才是希望。

沒關係，會好轉的，無須太憂慮。

這些話看似有些老套，但只要帶著真心，就能帶來莫大的安慰。這世界上沒有什麼完美的安慰，但也正因為如此，我們會為了揣摩自己和他人的心情而努力，同時領悟到「原來不是只有我這樣」、「原來世上所有人都需要安慰」。

需要安慰的日子，即是仔細思考
什麼能夠安撫這悲傷寂寥的心的日子。
但遲早會找到的吧？
在真正需要安慰的日子，
找到能深深觸動自己的溫暖。

無法入睡的夜晚

總會碰上莫名睡不著覺的夜晚，明明已經很累、很疲倦了，卻只能不斷確認時間並翻來覆去，十二點、一點、兩點……天亮之後要做的事情堆積如山，卻怎樣都睡不著覺，不安因此慢慢占據了內心。

這種失眠的夜晚，通常會在強烈渴望的事情似乎沒有機會實現、對沒有概念的未來感到茫然、在關係中失去自己，以及自尊感太過低落，害怕會在他人面前展現沒出息的模樣時，找上門來。因為擔心早晨再次睜開眼睛，所以無法安然入睡，只能提心吊膽地焦急，各種擔憂也跟著全數出籠。

產生不安的理由各式各樣，甚至當所有事情都一帆風順時，也會有被不安圍繞的時候。「如果打破了此刻的幸福，那該怎麼辦呢？」不安巧妙地鑽進了心靈的縫隙。倒也不是有什麼具體的理由，卻彷彿站在隱形的牆面前，這樣子

的茫然心情，就是不安的真面目。世界上沒有一個人不感到不安，那麼我們應該如何接受它呢？難道沒有完全消除不安的方法嗎？艾倫．狄波頓（Alain de Botton）所著的《我愛身分地位》（*Status Anxiety*），就如此解釋今日許多人所經歷的不安：

覺得我們有可能變成其他樣子，而不是現在的樣子時；我們認為是同一水平的人，卻看起來比我們更好時，當下的感覺即是焦慮的泉源。

儘管過著比過去更豐足的人生，不安卻逐漸擴大的原因就在於此。因為社會不斷在鞭策我們，要我們不要滿足於現狀，要我們思考未來，成為更好的人。「富饒中的貧困」，這句話不偏不倚地說中了這種情況。越是豐衣足食，就越容易與更加豐足的他人比較，自行尋找不足之處，這即是今日我們的悲哀樣貌。

不瞞大家說，我也沒能掙脫這樣的不安。每當書和演講獲得讀者的廣大支持時，我反而會因「我真的能帶給他人安慰和靈感嗎？」、「我有資格嗎？」

和「我是不是應該比現在更認真？」的想法而無限放大不安感。想必各位也都有看著他人的社群貼文心生羨慕，或是彷彿只有自己落後的低落心情吧？即便沒有非得比較不可或擔心的理由，但仍會持續意識到他人，互相比較，持續豢養不安。

其實不安本身是極為自然的情緒。畢竟無人能得知未來會發生什麼事，所以產生「照現在這樣下去沒關係嗎？我目前走的這條路是正確的嗎？」的念頭並感到不安，是很正常的事。人生在世，不安總是如影隨形，國高中時期擔心人際關係或學業成績，大學時擔心戀愛或求職問題，三十歲左右開始擔心健康、結婚和育兒問題……人生的每個時間點都存在著令人擔憂的事情，一個消失之後，其他又會冒出來。有別於存在著明確特定對象的恐懼，這種不安的實體並沒有明確對象，或者對象每次都會不同。

問題在於我們的不安不會適可而止，而是會持續下去，或者找到新煩惱後，在豢養不安的同時自我折磨。當不安在腦海中縈繞不去時，我們究竟該如何應對呢？

> 「自己很微不足道。」當這種的想法造成不安時，治癒的妙招即是在名為世界的巨大空間旅行。假如這件事無法實現，就透過藝術作品來周遊世界。

第一個方法，即是遵照艾倫．狄波頓在《我愛身分地位》一書中的建議，沉浸在旅行或藝術之中。在體驗全新的世界時感到興奮或心動時，就能暫時擺脫不安的狀態。培養嗜好也是個不錯的方法，儘管這種方法效果較為短暫，不過有一件能夠專注或投入的事情時，不安就會消失不見。

我所推薦的第二個方法，是將不安視為人生的一部分並接納它，也就是不要費心關注或急著想除掉它，而是原封不動地將它擱置在心靈的角落。在此，我想問一個問題，「不安，對我們來說真的只有壞處嗎？」

有位哲學家針對這個問題做了深入思考，他是齊克果（Søren Aabye Kierkegaard），是一位十九世紀的丹麥哲學家，著有《致死之病》、《追尋自由的真諦》、《焦慮的概念》等書。齊克果說，「每個人的內心深處都懷抱著動搖、壓迫、不和諧或不安」，他並沒有去消除不安，而是以不安為基礎，樹

我也不知道
自己想要什麼

立了屬於自己的實存主義哲學。他如此宣告：「焦慮即是自由的可能性。」

唯有感覺到痛苦，才能夠適當地治療傷口。相同的，不安也同樣讓我們領悟到，此時我的人生處於哪一個位置，心靈又是處於何種狀態，並幫助我們朝更好的方向前進。無論是就個人層面或社會層面來說，皆是如此。當所有人的人生都過度不安，就相當於社會存在著問題，也表示政策和制度必須改正。齊克果對不安的洞察既具顛覆性又一針見血，更對今日我們熟知的赫曼·赫塞、卡夫卡、卡繆等作家影響甚深。

有時我們會希望聽到別人說：「你做得很好」，哪怕那是一句謊言。總會有一刻，我們希望有人能守護在我身邊，聽到對方為我加油：「不需要太過不安。」我們需要有這麼一個人，站在我的立場上為我說話，無論發生什麼事，都會與我站同一邊。作家成秀善的散文集《獨自的我，寫給獨自的你》就蘊含了這類引起共鳴的訊息：

目前這樣還不錯，你做得很好，不必感到不安。偶爾，真希望在我開口之前，就有人先對我說這句話。哪怕是謊話也好，告訴我：「你真的做得很好，只要像現在這樣繼續做就行了。」

不安時，需要先回頭檢視我的內心，接下來才是檢視關係。我所擁有的各種面貌，即便看起來有些沒出息，也去認同並接受它，亦即，只要鞏固名為「我」的基準點，那麼即便我們身處什麼樣的不安，都不會過度動搖，並能守護住幸福。此外，只要身邊有個隨時都會挺我的好人，即便面對突如其來的不安，也能夠順利化解。

只要將這種不安的內心控制在適當的大小範圍內，有時它也能成為幸福的觸媒。就像我們在搭乘雲霄飛車或自由落體等遊樂設施時，一方面感到極為不安，但另一方面又很享受一樣。只要將不安視為生活的一部分，找到其中的樂趣，往後將不再有因不安而無法成眠的夜晚。

我也不知道自己想要什麼

「你想要什麼？」

「什麼？是說待買清單嗎？」

「不是那種，是非常迫切想得到的東西。」

「這個嘛，我想要的東西……但怎麼突然問這個？」

「最近就一直有那種想法啊，覺得好像連自己想要什麼都不知道。」

某一天我和朋友聊起這些，仔細想想，過去我似乎從沒想過自己真正想要什麼，每天只是汲汲營營地生活，就連人生中最重要、最基本的問題都忘得一乾二淨。和朋友道別之後，這個問題依然在我的腦中縈繞不去。「小時候我的夢想是成為什麼？」、「我在什麼時候最快樂、最幸福？」、「做什麼的時候

最有成就感？」我開始尋找這些苦惱的解答。

我坐在書桌前，沉浸在自己的思考中，驀然書架上的一本書映入了眼簾。是金東永的《全然安慰自己》。我緩緩地翻閱書本，邂逅了令心頭一陣發熱的文字。

我靜靜地問自己，現在是否做著自己喜歡的事。其實認真說起來，過去我喜歡的，似乎只是表面上看起來很棒，卻不是真心喜歡的事。雖然不知道都這個年紀了，現在才開始尋找喜歡的事會不會太遲，但可以的話，我希望往後能持續做著令自己滿足開心的事。

我闔上書頁，閉上了雙眼。這段話雖沒有替我的苦惱解答，但光是能夠說出我的心聲，就已經帶來莫大的慰藉。閱讀本來就是我長期以來的習慣，不論碰到困難或需要安慰時，我也會翻閱書籍。先是集中在每一個句子上，接著突然邂逅說出我的心聲、撫慰心靈的句子時，整個人就會被治癒、獲得力量。金

我也不知道
自己想要什麼

東永的文字同樣如此。在「我想要的是什麼？」這個問題面前，他的文字促使我深刻思考自己真正想要、喜歡的是什麼，而不是能用金錢購買的物品或虛有其表的東西。

說真的，想追求的東西會隨著情況而持續改變。過去也曾發生過，剛開始我明明做得很高興，後來卻感到厭煩，直到事過境遷，才發現自己做那件事根本是為了別人的期望。大致上聽別人的話去做的事都是如此，他們總說：「先苦後甘，你想要的，以後都能做。」

從學生時代到成為社會人士之後，這種話我們聽了無數次，包括要用功讀書才能考上大學、要找個好工作、要結婚生子。為了獲得幸福，必須做的事多如牛毛，可是，只有照單全收才能幸福嗎？會不會反而我們是被人任意擺布，失去真正想要的東西了呢？

想要獲得幸福，此刻就必須傾聽自己的內心，因為一味追逐他人的標準，終究無法招來幸福。即便以後想法改變，屆時也同樣忠於內心的聲音就行了。因為幸福並不在遠方，而是我們忠於當下就能手到擒來。就像金歐澈的《不只是遠方，把每一天過成一趟旅行》所說：

過去，我曾在書本寫下「在這裡開始幸福」。結果有人告訴我，「在這裡開始幸福」的簡稱，是「旅行」。我忍不住點頭如搗蒜。

我在讀到這段文字時，也不禁點了點頭。其實，我們所有人都在進行一場名為人生的旅行。想讓旅途樂趣無窮，行程就要填滿我們喜歡的事，而不是他人喜歡的事。假如喜歡輕鬆地在咖啡廳休息更勝於逛觀光景點，那麼隨心所欲就行了。就算別人再怎麼極力稱讚或推薦的景點，只要自己不樂意去做，就不可能會感到幸福。沒有什麼事是「非做不可的」，只要靜下心來，豎耳傾聽內心的聲音，就會慢慢聽見自己真正想要什麼。「立刻去做此刻你會感到幸福的事，就算有人指指點點或不高興，也要去做你真心想做的事。」

知名作家羅曼・加里（Romain Gary）曾以筆名「埃密爾・艾加」（Émile

Ajar）發表的小說《雨傘默默》（*La Vie Devant Soi*），其中第一章引用了以下文字：

> 他們說：「你深愛的人令你發狂。」
>
> 我則說：「唯有神智不清的人，才識得人生的滋味。」

為了獲得幸福，我們似乎只能像個神智不清的人般，持續不懈地思考自己真心所求。這件事無法由他人代勞，只能靠我們自身的力量。

也許它終將成為一生的課題，因為我們可能無法很快就找到答案，而它也可能瞬息萬變，但旅行的樂趣不在於遵照既定的行程，有時行程會被擾亂，也可能會經歷一波三折。幸福同樣如此，名為人生的漫長旅程，處處藏著意想不到的瞬間，只要以自己真心熱衷、綻放燦爛笑容的事情逐一填滿這趟旅程，我們的人生就會在無形中充滿喜樂。

保持適當距離

傷口越多的人，就笑得越開懷；越在意他人的眼色，就越會努力讓自己看起來很好。每個人都不想被發現傷口，所以會將它藏在內心深處，並且關上門扉。有些傷口因為藏得太深，要不是刻意揭開，有時就連自己都不曉得受了傷。

但是，儘管如此掩藏，傷口也不會自動癒合或消失。因為即便表面上看不太出來，傷口也會在不知不覺中悄悄地從深處現身。即便只是極其平凡的一天，突然為了自己不知道的傷口而突然落淚的日子，也會冷不防地找上門來。好比說，從某人口中聽到這麼一句話的時候——

「沒事嗎？」

有許多人沒能在當下治療傷口，就這麼佯裝沒事地生活下去。任何人都不會受傷、只發生好事的世界並不存在，我們在生活的同時互相造成無數的傷害，

我也不知道自己想要什麼

而儘管這些傷口有自然癒合的時候，但有些會留下傷疤，有些則是以化膿的狀態遺留在內心深處。難道沒有讓這種傷口完美癒合的方法嗎？沒有能讓傷口不化膿或留下傷疤的治療方法嗎？

有時，即便周圍的人只是說出一句無關緊要的話，也會受到很大的傷害。無心說出的話，尖銳地劃傷了我們。這些瑣碎的話語讓人耿耿於懷，反覆好幾次之後，傷口就會逐漸累積。相反的，我們也會在無意間對他人造成傷害。我們在這些傷口中感到徬徨與挫折，有時還會感到痛苦或憤怒，即便彼此都是說者無心，但陷入了在生活中互相造成傷害的循環，這即是我們的人生。

有次，一起進行專案的公司前輩對我說：「嗯，因為承煥你對這個領域很了解。」

剛開始我覺得這是一句稱讚，但不久後進行其他專案時，我又從別人口中聽到那位前輩到處說類似的話。我的感覺很差，雖然說的人可能沒別的意思，但這句微不足道的話卻持續在腦海中揮之不去，因為感覺就像在說我只有那件事在行，其他事都做不好。

我和那位前輩之間平時並不常對話，彼此也不熟，所以沒多想就說出的話，可能會被曲解成其他意思。但無論關係親近或疏遠，言行舉止都需要小心，並保持適當距離，因為當適當的距離被侵犯時，就可能發生無心的誤會。

> 大家都說，討厭人與人之間有距離，但我認為人與人之間仍需要適當的間隔，因為每個人都會有必須獨自打造的自我世界。此外，因為分隔兩地，那份空缺的留白會讓彼此著急地思念對方。為了達到「彷彿被約束，又彷彿沒被約束」的層次，越相愛的人，越需要維持令彼此想念對方的間隔。他們需要智慧來維持恰到好處的間隔，雙方不會因為靠得太近而造成傷害；同時又能時時感受到彼此的存在，凝視著彼此。我把這個讓群樹長得筆直所需要的間隔稱為「想念的間隔」——雖然能夠感受彼此的體溫、凝視彼此，卻絕對無法干涉或約束彼此，因此非得想念不可的距離。

這是出自禹鍾英散文集《像樹那樣生活》中的一段話。每當被他人傷害或

我也不知道自己想要什麼

傷害他人時，我會反覆琢磨這段話，思考關係最恰到好處的距離。

人類學家愛德華・霍爾（Edward T. Hall）以「個人空間」的概念來說明人與人之間的關係與距離。所有個體都需要與周圍保持一定的空間，當其他個體越界時，就會感到緊張與受到威脅。他指出與家人之間保持二十公分，與朋友保持四十六公分，與同事保持一・二公尺左右的距離時，我們就會產生安全感。這不單指物理距離，也包含了精神距離。無論多麼親密的關係，都需要適當的距離，不能因為彼此關係親近，就任意侵犯這個空間。

我們每個人都有屬於自己的世界，就算深愛與十分珍惜的人在身邊陪伴，偶爾也會需要靠一己之力照顧自己的世界。就像如果希望樹木或花朵能長得好，就需要適當的距離般，我們也需要「思念的距離」。尊重這段適當的距離，相愛的人會更珍惜、依戀彼此，並茁壯為更美好的樣子。

前述的文章就傳達了這樣的體悟。就像書名所說，這是一本講述關於樹木與人的一切，收錄了許多溫暖和洞察的文字。然而，作家本人的人生並不平坦順遂，他天生患有色盲，於是不得不黯然放棄成為天文學家的夢想，徬徨了許久。就在絕望之中，他帶著尋死的念頭爬上北漢山時，偶然遇見了無論再嚴峻的天氣，都堅毅地在相同位置佇立的樹木，瞬間點醒了夢中人。如此在傷痛與悲傷之中綻放的文字，因此更能觸動讀者的心。

我在人生中最受傷、最辛苦的瞬間，有段文字帶來了真正的安慰。

即便悲傷以不曾見過的龐大姿態擋在你的眼前，也請不要驚慌。還有，你必須相信，人生並沒有遺忘你，它正緊緊地握住你的手，而且絕對不會放開你的手。

這是《給青年詩人的信》（*Briefe an einen jungen Dichter*）中的部分詩句，出自德國詩人里爾克（Rainer Maria Rilke）之手。這本書集結了里爾克寫給後輩卡普斯的信，內容充滿了對於寫作與人生的洞察。讀完這段文字後，感覺就像里爾克正在對我們說：「在漫長的人生中，此時的傷口只是滄海一粟，無論如何都能被治癒。」

我也不知道
自己想要什麼

儘管身邊始終有個相信我的人會很好，但假使現在身邊沒有那樣的人，也必須認定自己已經夠好、認定自己是非常珍貴的人。我們必須相信，此刻疼痛冰冷不已的傷痛，總有一天也絕對能夠克服——至少別忘了，我的人生始終都在為我加油。

讓我們來鑑賞一首傳達這種訊息的詩吧，以下是詩人金宗三的〈漁夫〉：

栓在海邊的　小小漁船
每天在海面上盪漾
時而，還會被風浪打翻
我打算划著槳到遠處
像是海明威的《老人與海》
獨自喁喁細語

過往的奇蹟會成為未來的奇蹟

只要活著
就會有眾多喜樂

有時，我們也會傷害自己，好比對自己的標準訂得太高。實際上已經做得很好了，我們卻自我貶低，或者自尊感低落，導致自己在他人面前不斷放低身段。愛自己都來不及了，可是如果連這點都做不到，還一味責怪自己的話，那會造成多大的傷害啊？

> 別把尺度拿來衡量自己，對自己說：「你是這樣的、你是那樣的」，每一次這麼做的時候，你得到的就只有傷害。

這是保羅．科爾賀（Paulo Coelho）的作品《魔法的瞬間》（*The Magical Moment*）中的一段話。我們必須小心不會把判斷的尺度拿來嚴格地衡量自己，因而危害自己、傷害自己。

我也不知道
自己想要什麼

不只是對待自己，面對他人時，也要時時小心避免用嚴格的判斷尺度去衡量的行為，特別是家人、朋友和男女朋友等，越是親近的人就越要小心。要是仗著彼此很親近，就若無其事地用自己的尺度衡量對方，一不小心就可能會對自己珍惜的人造成莫大的傷害。

這句話聽起來很理所當然，但我們需要的不是造成傷害的關係，而是能夠相愛、成為彼此的力量、安慰彼此的關係。假如能夠安慰彼此，我們就不會獨自疼痛煎熬，而是能以更加堅固的關係治癒傷口，打造更美麗的人生了吧？

在結束關於傷口的主題前，我想把《給青年詩人的信》書中的另一段文字送給你。我們不需要太害怕受到傷害或為此感到痛苦，相反的，若是對別人造成了傷害也別自責，而是靠著自省來撫慰心靈。

> 因此，我能做的就是向你提出這樣的請求：懷著耐心去對待內心懸而未解的問題，努力把這些問題視為緊緊關上的房間，或是由極其陌生的語言寫成的書本，試著去愛它們。

請別試著想馬上就找到解答。無論再怎麼努力，你都沒辦法找到解答的，因為你還沒親自體驗過那個解答。因此，親自用身體去體驗一切是很重要的。從現在開始，親身去體驗令你感到好奇的那些問題吧，那麼在遙遠的某一天，你將會幡然醒悟，原來自己早已在不知不覺中進入解答之中，並活在其中。

孤單的一百種形狀

冬意漸深，無以名狀的寂寥也跟著逐漸擴大，看到原本茂密的綠葉接二連三地掉落，最後只剩下枯枝的行道樹，心情就像是全身的溫度也跟著抽離似的。是因為天寒地凍，蜷縮著身子走路的緣故嗎？人們之間的距離似乎更疏遠了。也許是這樣，冬天時說出「好孤單」的次數似乎比「好冷」更多。

不知從何時開始，「大家都離我而去，不會在我身邊停留太久」的想法突然變得頻繁出現。我的內心就像是許多人拿起後又放下的書，沾上了人們手上的汙垢，變得髒黑不堪。過去我經常主動走到大家面前，翻開名為「我」的書給對方看，我試著傾吐內心，展現深摯的真心，我想和某個人建立深刻的連結，也想分享自己的內心話。難道是因為我是獨生子，所以才比別人更容易感到孤單嗎？

但有些人卻因為我吐露內心話而感到負擔，於是逐漸疏遠，也發生過和親近的人之間產生誤解，兩人的關係因此鬧僵。我的立場和行為不總是對的，每個人的價值觀和想法都不同，所以有時也會產生誤會。想到曾經非常親暱，如今卻再也不會見面的人，以及就連記憶中的樣子都變得很模糊的人，偶爾就會感到很空虛。是因為我這個人有什麼問題，所以終究會和大家疏遠嗎？

有這種心情的人，大概不是只有我一人吧？夜晚獨處時，和親近的人忽然產生距離感時，感覺自己不屬於任何一個地方時，或是痛苦時卻想不到可以依靠的人時，我們就會無止境地感到孤單。孤單的原因有千百種，也許，我們時時刻刻都在感覺孤單也說不定。

你曾聽過這種說法嗎？倘若現在感到孤單，那麼唯有更強烈地感覺孤單，才能夠忘掉那份孤單。詩人許秀卿的散文集《在沒有你的陪伴下走著》用著優美的文字表現了這種深刻的孤單。

> 在這座城市中，我是踽踽獨行的異鄉人。很長一段時間裡，我甚至覺得自

己是沒有身體的幽靈。……我的故鄉位於航程十小時之處。面對陌生之地，除了走路，我別無他法。我只能一走再走，直到最後終於習慣為止。

從這段文字中，能夠感受到詩人終其一生在遙遠的異國思念故土的情懷。從這段話中，我能想像詩人的樣子，也因為想到不是只有我一個人感到孤單，孤單也暫且少了一些。詩人白石也在詩作〈有面白色圍牆〉中，將這種情緒描寫得唯妙唯肖，在此就來看看其中一段吧。

上天創造這個世界時，祂讓最為尊貴與鍾愛的人事物，
是貧困孤獨的，是高處不勝寒的，
並使他們時時活在滿溢的愛與悲傷之中。
就像新月、花籃、菊花與驢子，
就像弗朗西斯·雅姆、陶淵明與里爾克。

上天所愛的人事物，反而「是貧困孤獨的，是高處不勝寒的，並時時活在滿溢的愛與悲傷之中」，詩人的這段話，說出了「終究世界上的任何人都無可避免孤單」的事實。不只是獨處的時候，甚至是和好幾個人在一起時，孤單也會冷不防地找上門來。因為沒有歸屬感，或者找不到共鳴的交集，那種疏離感會讓人更加孤單。

雖然今日的我們透過網路和智慧型手機，二十四小時和他人產生緊密連結，一天內也和無數的人互相聯繫，但是關係所造成的孤單反而更深了。社群平臺上的好友數字有幾百、幾千或幾萬，但實際見面對話的次數卻反而減少了，而「遠親不如近鄰」的說法也早在許久前就成了字典裡才找得到的句子。

那麼，我們應該怎麼克服這種孤單呢？我的方法是在感到孤單時，我會選擇閱讀。儘管閱讀這件事無法完全消除孤單本身，但至少能得到「其他人的感覺與我相同」的慰藉，產生「所有人都無可避免地必須擁抱某種程度的孤單」的想法後，就會產生彷彿孤單在安慰我般的心情。在此就介紹一首替我說出心聲的詩作，是詩人鄭浩承的〈致水仙花〉：

我也不知道
自己想要什麼

別哭泣，
因為孤獨，所以為人。
活著，就意味著承受孤單。
別無謂地等待不會打來的電話，
下雪時，就沿著雪路前行，
下雨時，就沿著雨路前行，
蘆葦叢中的黑胸鷸鴒，也正凝視著你。
偶爾，就連蒼天都會感到孤單而黯然落淚。
鳥兒之所以坐在枝頭上，也是孤單使然，
你之所以坐在岸邊，也是孤單使然。
即便是山的影子，也會因為孤單，
每天拜訪山腳下的村莊，
而鐘聲，也是因為孤單才在空氣中迴響。

不只是人會孤單，就連鐘聲、影子、動物、自然，甚至是神祇也都會感到孤單，這個事實比任何話都更能帶來慰藉。為了忍受孤單，並不是非得做什麼事不可。每個人承受與戰勝孤單的方法皆不同，如果想要安慰某人的孤單，重要的是先聽聽他的故事，給予共鳴，並守護在對方身旁。

世界上有無數種模樣與大小的孤單，無法互相比較。如果有一百個人，就會有一百種孤單，而我們都必須孤獨地承受各自的孤單，誰也無法輕易地斷言很了解他人的孤單。唯有清楚這點，我們才不會輕率地給出安慰，而是非常小心翼翼地傳遞飽含真心的共鳴和慰藉。

承受孤單這件事，
對任何人來說都不容易，
也是世界上誰都無法解決的問題。

但願你能與他人分享，

我也不知道
自己想要什麼

你所擁有的孤單，
替自己多少減輕那份重量。

陷入深不見底的泥沼、
感覺自己彷彿獨自被拋棄時，
世上的某處，必然會有和你一樣孤單的人。
不，但願你能時時記住，
世界上所有人，與你沒有任何分別。

因此，但願你能與他人，
一同承受那份孤單，一起前進，
這也許正是我們所能給予的唯一安慰。

不後悔的愛

當時並不曉得，那段旋律究竟有什麼意義。就像遲來的信件，就像買了火車票，看到票上的出發時間之後，才知道火車已經駛離了一樣。直到事過境遷，我們才清楚人生發生的種種具有什麼意義，並在得知其意義之後，明白要挽回已經太遲。

是誰說過，初戀不會有好結局呢？大部分的人，大概都有與深愛的人離別的經驗吧。那時，我們滿腦子只想著自己做錯的事，想讓時間倒轉，並感到後悔莫及吧？前面引用的文字來自金衍洙的小說《無論你是誰，無論有多孤獨》，就把這種情緒表現得淋漓盡致。

有時，我們會驀然為往事後悔。惋惜的瞬間在腦中飄盪，怎樣也無法忘懷，

我也不知道
自己想要什麼

並持續製造出後悔。那樣的後悔會持續妨礙此時此刻，而後悔又會衍生出其他的後悔。想到這點，我就忍不住覺得，也許人生或多或少都必須揹負名為後悔的包袱活著吧。

然而，不是所有後悔都是壞事。有些後悔會讓我們反省過往的錯誤，幫助我們往後做出更好的選擇。那麼，我們該怎麼做才能帶來正向的後悔，減少負面的後悔呢？

這是在初冬，西村一家咖啡廳裡發生的事。我正在與熟人聊天，對方的視線卻在我與我的身後來回游移。我心想發生什麼事了，於是轉過頭，看到了Y站在那裡。闊別多年，我和Y突然有了寒暄敘舊的機會。

「你過得好嗎？氣色看起來很好。」

「是嗎？我過得很好啊。」

「其實我滿後悔的，在跟你分手之後。」

十年前，當時的女友Y突然說要和我分手，不久後就到美國留學去了。儘管我試著挽回，也想從她口中聽到理由，最後卻沒得到完整的說法。那是單方面的分手通知。時光荏苒，兩人偶然再次相遇，聽到對方遲來的後悔，我卻不特別感到哀傷、惋惜或生氣，完全心如止水。

「當年我好像太年輕了，對不起。」

「人難免會犯錯嘛，不用太抱歉或後悔，我對於和妳分手一點都不後悔，因為我當時真的已經盡了全力。」

Y的臉上依然留有遺憾，我卻沒有留下任何情緒，就像我對Y說的，我真的盡了全力。當然，我也曾談過留下後悔的愛情，我把對方的愛視為理所當然，疏忽了對方的心意。在我犯下過錯，為此後悔的同時，我也下定了決心——無論何時，都要對當下在我身邊的人盡最大的努力，哪怕只是為了以後不後悔。

當我們未能活在當下時，就會感到後悔。以愛情來舉例的話，就是不珍惜此時眼前的人，忽視對方或者犯下移情別戀的錯誤，不僅對不起對方，終究也會帶給自己莫大的悔恨和傷害。精神分析學者兼社會心理學家佛洛姆（Erich Fromm）在《愛的藝術》（*The Art of Loving*）中如此說道：

> 集中精神，意味著對現在全神貫注，活在當下，也代表假如現在做某件事，就不去想接下來要做的事。幾乎所有相愛的人都必須實踐這件事。他們不該用慣常使用的各種方式來逃避，而必須學習彼此變得親密的方法。

所謂的愛，並非是習慣性地碰面，一起吃吃飯、拍拍照——這只是在模仿相愛的戀人。愛是凝視著對方的眼眸，傾聽他說的話，互相分享情感，了解他對什麼感興趣，今天一整天又是如何度過的。

「忠於當下才不會後悔。」這句話並不只在說愛情。面對我們的夢想，又或者走在人生這條路上也是如此吧？當了一輩子窮困潦倒的流浪勞工，帶著看盡世間冷暖和人性的洞察力，為後世留下多本著作的哲學家向我們傳達了這樣的訊息。

我必須走上從城市延續到另一座城市的道路。想必每座城市都會令我感到陌生且新穎，每座城市都會強力推薦自己是最棒的，要我好好把握機會。而我將不會錯失任何一個機會，也絕對不會感到後悔。

這段文字記載於艾力・賀佛爾（Eric Hoffer）的自傳《路上的哲學家》（*Truth Imagined*）。他從小就失去父母、失明（直到十六歲恢復視力），度過了艱苦的人生。但他不間斷地閱讀、揮汗勞動，活得比任何人都要熾熱，為的就是不想錯失人生道路上無數機會的任何一個。他最終名列世界級的思想家之一，甚至獲頒總統自由勳章。假如他一再哀嘆現實，只顧著後悔，有可能活出如此卓越的人生嗎？

我們不能過度沉浸在後悔的情緒之中。與其後悔，我們應該準確地認知自己犯下的錯誤，透過反省再次獲得活下去的力量。每次在後悔、反省自己的錯誤時，我也經常把哲學家齊克果說過的話當成格言般琢磨玩味。

> 即便回首時才能理解人生，但我們是只能向前的存在。

沒錯，身而為人，總會失誤和犯錯，所以自然會碰上後悔的瞬間，但只顧著為了往事後悔，只會讓現在變成另一個後悔的瞬間。

請別放任自己的人生徒留後悔。如果能把後悔的精力用在不後悔上頭，用在反省過去、充實現在、引領未來，我們的人生將會更踏實穩固。

憎恨與憤怒是我的力量

當有人用尖銳的言行舉止重重地刺傷我的心時，當我遭到心愛或相信的人背叛，被傷得很重時，日常生活就會產生動搖，內心也充滿了憎恨與憤怒。

像這種憎恨某人或憤怒的情況，想必每個人都曾碰過。時間一長，大部分情緒的濃度都會自然而然地變淡，但某些情緒卻會逐漸擴大，越來越濃，導致患上心病。此外，某些情緒還會藏在深處，然後冷不防地朝我們撲過來。這種情緒究竟為什麼會產生呢？應該怎麼做才能將它處理得當呢？

憎恨和憤怒情緒產生的理由有很多，它們會以各式各樣的面貌靠近。碰到這種時候，我們忍不住會想：「為什麼這種事會發生在我身上？」彷彿世上所有的不幸一口氣蜂擁而至。我也曾經碰到這種情況，後來在閱讀某本小說時，才領悟到如何用比較有智慧的方法處理這種情緒。

我也不知道自己想要什麼

> 世界這種東西，幸福的樣貌大抵相似，但不幸的樣貌卻各自不同。每個人都背負著屬於自己的特殊痛苦，無論是窮人或富人都相同。因此，並不是只有你才是特別的人。假如你感覺自己特別的痛苦，那意味著如此相信的你，特別不幸。

這是淺田次郎的小說《王妃之館》中出現的文字。我第一次接觸他的作品是透過日本電影《鐵道員》與韓國電影《白蘭》。這兩部作品都是改編自淺田次郎的短篇小說，把不幸與希望交錯的人生之美描繪得很生動。

我很喜歡他那色彩極為多元的小說，不僅能給人沉靜的感動與共鳴，同時也描繪了人性的黑暗面與現實。他能寫出這樣的作品，或許是因為他擁有富裕的童年，後來因家道中落而陷入徬徨時，看盡世間冷暖的緣故。

再次回到《王妃之館》，前述的句子似乎是受到托爾斯泰《安娜・卡列尼娜》中廣為人知的名句「幸福的家庭都是相似的，不幸的家庭各有各的不幸」影響。總之，就像淺田次郎或托爾斯泰所說，無論是不幸、痛苦、憎恨某人或讓人發怒的情況，都不是只特別發生在一個人身上。不知為何，我從這句話中獲得了安慰，「只有我特別痛苦的想法本身，導致自己變得特別不幸」，這個迎頭棒喝的忠告雖帶來刺痛，卻也打醒了我。

有時會碰到明明不是我的錯，別人卻把責任推給我，或者因他人的失誤或錯誤而吃上苦頭的情況。這是任何人碰到都會發脾氣的情況吧？相反的，我們也會有不小心傷害到某人，或者關係因瑣碎的小事而鬧僵，令自己感到慚愧的情況。這時，我就會透過前面的文字檢視我的情緒，並獲得整理情緒的從容。

在人生中，這樣的事可說是不計其數，但問題就在於我們把這時產生的憎恨和憤怒視為「負面」，並試圖去壓抑或消除它。不過，這麼做是沒有必要的，因為這是任何人都很自然會產生的情緒。我們雖然不該深陷其中無法自拔，但一再忍氣吞聲也同樣有害。那麼我們應該怎麼做呢？詩人朴蓮浚如此建議：

就算生的不是大病，有了小毛病之後，身心就會被困在原地，哪裡都去不了……我們要做的不是戰勝病痛，而是有智慧地去經歷、度過它。

我也不知道
自己想要什麼

這是她的散文集《騷動》中的一段話。儘管詩人說的是疼痛，但其實憎恨或憤怒等情緒同樣如此。若是想著要戰勝或消除它，反倒可能會造成副作用。我們的心可能會生病，可能會遭受心理陰影之苦，又或者原本一直以為自己沒事，可是某天情緒卻突然湧上來，折磨我們的內心。

不必因為是負面情緒，就無條件壓抑它。沒關係的，想發脾氣就發脾氣，只要之後冷靜地照顧自己的心就行了，這些都是必經的過程。雖然颱風過境會造成許多災害，但它能緩解酷熱感，同時也具有解決缺水、平衡熱量、降低汙染的正向功能。同樣地，面對憎恨與憤怒等負面情緒，只要小心別被過度捲入，它們會幫助我們的心維持在健康狀態。

從社會層面來看，憎恨與憤怒也具有正向功能。舉例來說，政府高官有腐敗貪汙的行徑卻未受到任何懲處時，我們很自然會感到憤怒，試圖撥亂反正。假如這時候沒有任何人發脾氣的話，那會怎麼樣呢？大概就無法實現社會正義了吧。

至聖先師孔子也曾談論過憎恨與憤怒的必要性，《論語》的〈陽貨〉篇與

〈憲問〉篇分別記載了以下故事。弟子子貢問：「君子也有憎恨的人嗎？」孔子回覆：「當然了。」可是有人又問道：「那以德報怨，如何呢？」孔子的臉色一變，答道：「這樣又該如何報答恩德？」

我們確實是很脆弱的存在，因為即便腦袋知道這件事不痛不癢，可是情緒上卻會動搖、為此感到煎熬。憎恨與憤怒的情緒讓人感到不自在、棘手，是因為我們不僅無法輕易掌控它們，而且產生這種情緒時就會全身無力、精神枯竭，甚至心生自責。

但憎恨與憤怒是每個人都自然會有的情緒，我們應該用智慧去經歷它們，順利地將它們送走才是。最後，為了讓此刻無法順利送走這種情緒，或者因為憎恨某人或發怒而痛苦的人，我改寫了在《讀書給你聽的男子》上頭分享過的崔正恩的故事，在這邊分享給大家。

當想法變多，
身邊的任何人都無法帶給我力量時，

我也不知道
自己想要什麼

雖然會感到孤單，
但也別忘了，大家都是這樣的。

即便是至交好友也無法理解我，
就連一起生活的家人也令你感到寂寞，
但也別忘了，你被深愛著的事實。

在每條街道、每個人之間
都充滿狂風的冰冷世界，
假如有個人穿越如黃金般的時間
過來問候你的安好，
別忘了，光是這樣，
就表示你就已足夠幸福。

每天忙著替我擔憂的人，
穿越自身的混亂與逆境想著你，
這是多麼溫暖的一件事啊？

就算夜晚每天都帶著憂鬱來見你，
就算世上所有音樂都令你的心哭泣，
就算你因不安而潸然落淚，
就算不安蠶食你的內心，
即便是雲朵，偶爾也會因為不信任陽光而下起傾盆大雨。

但你也別忘了，有人正在為你書寫，
擁抱你的憂鬱，給予你安慰。

但願你無悲無苦。

我也不知道
自己想要什麼

就算是風，偶爾也會厭倦吹拂而變得沉寂；
就算是向日葵，偶爾也會感到乾渴；
就算是鮭魚，偶爾也會感到茫然，在瀑布中迷失，
但願你不會因此刻的挫折就獨自哭泣。

你是擁有許多愛的人，
是因愛而生的人，是愛的存在。
永遠不要忘記。

偉大的執著

有項專案我準備了很久，可是隨著時間的流逝，計畫逐漸開始走偏，無論我花再多時間和心思，也絲毫不見好轉的跡象。儘管腦中已經有預感會失敗，我卻不想承認這件事，反而繼續緊抓著不放。就在無謂的執著導致我逐漸身心俱疲之時，我遇見了村上春樹《挪威的森林》，最後才得以放下沉重的包袱。

去認同它，執著就會逐漸消失。明白那個人無法成為我的人，那個物品無法成為我的物品，那筆錢無法成為我的錢，他的才能無法成為我的才能。可是一旦認同它之後，一方面多了從容，另一方面卻又哀傷得近乎發狂。

我們在人生中會碰上各種執著，有時就像我一樣，對擺明了會失敗的事情

我也不知道
自己想要什麼

產生無謂的執著。無論是人心、想要獲得的物品與才能，倘若能夠依據自己努力與執著的程度獲得正向的結果，那該有多好呢？但現實卻無法如我們所願。這時如果持續執迷不悟，就會對自己帶來危害。我們必須拋下執著，但即便腦袋明白這點，實踐起來卻絕不容易。就連村上也是，雖然嘴上說只要認同它，執著就會消失，但另一方面卻又哀傷得近乎發狂。

所謂的執著究竟是什麼呢？字典說是「時時將心思投注在某個人事物上頭，忘不了，糾纏不休」，那麼，大部分的人似乎都無法完全拋下執著了，畢竟無所求、無執念的人幾乎是不存在的。古代聖賢老子曾在《道德經》說「無私成私」，亦即「必須拋下才有所得」，但平凡如我們卻是知易行難。作家孔枝泳也同樣在《孔枝泳的修道院紀行》訴說這種執著之苦。

拋下就能獲得，但即便知道這點，終究不容易做到，無論要拋下的是什麼。因為擔心拋下後會一無所有，害怕那未知的空虛，我們甚至對無關緊要的今日產生執念。

放下之後會感到哀傷，但又因為畏懼後頭的空虛，於是再次執著於無關緊要的今日。這段文字無疑為這種心情做了很好的代言。想必我們都很清楚這件事，唯有放下執著，心情才會落得輕鬆，但基本上執著與我們是「必須分開，卻又分不開」的關係。正如佛洛伊德所說：「受到壓抑的必定會回來。」它並不是說拋下就能輕易拋下的東西。儘管根據情況的不同，錯誤的執著不僅會傷害自己，更會傷及他人，但其實它也有許多好的面向，有許多時候，對人生的渴望或對藝術與科學的執著，最終都造就了偉大輝煌的成果。

重要的是執著的「方向」，只要在對的方向上執著，不單是個人人生、社會、國家乃至全體人類，它都能帶來助益。舉例來說，我們所熟知的文藝復興時代的璀璨藝術成果，如李奧納多．達文西的《蒙娜麗莎》（*Monna Lisa*）、米開朗基羅的《創世紀》（*Genesis*）、波提切利的《維納斯的誕生》（*The Birth of Venus*）等，均是天才的產物，同時也是驚人的執著所造就的成果。天才以他人認為愚昧的執著與投入，結出了名留青史的果實，想必對他們而言，執著並非痛苦，而是喜悅。

我也不知道
自己想要什麼

要是人們知道我為了創作有多努力，就不會認為我的作品有多偉大了。

就連我們眼中的天才米開朗基羅，也是對藝術懷著驚人執著與熱情的努力化身，當我們看到《聖殤》（*Pietà*）、《大衛像》（*David*）等雕塑時，很難相信它們是由石頭雕刻而成，從表情到衣物的紋路都表現得極為細膩。米開朗基羅耗費四年，長時間掛在天花板上，甚至躺在踏板上作畫才完成的西斯汀禮拜堂（Cappella Sistina）穹頂壁畫，世人對它的評價又是如何呢？儘管深受關節炎、肌肉痙攣與眼疾等所苦，但多虧了米開朗基羅偉大的執著，數百年後的我們才得以欣賞這驚人的藝術作品。

因此，我們不需要總往壞的方面去看待執著，因為它也會為我們帶來好的結果。重要的是正面的執著，所以我們必須建立標準，培養判斷優劣的能力。此刻，我也同樣試著下定決心，要拋棄徒然消耗自己、可能對他人造成傷害的執著，選擇能幫助我活得更幸福、更有意義的執著。

要來杯茶嗎？

你也有偶爾會想丟下一切，驟然離開的衝動，也會有不想在意有的沒的，讓自己徹底躲起來的時候嗎？焦頭爛額的忙碌日常讓人彈性疲乏，要做的事情堆積如山，所以很難招架得住。有些人會尋求「慢活」、「YOLO」（You Only Live Once，你只會活一次）等方法，或者透過冥想與運動來修養心性，但儘管我們試圖想讓沉重的心靈變得輕盈自在，做起來卻不容易。

當遇到突如其來的困難或受到極大的壓力時，我會先給自己沏杯茶，暫時放下一切，整理紛亂的心，同時替自己找回從容。當溫暖的茶一口接著一口順著喉嚨下肚後，溫度也跟著緩緩在全身擴散開來。把身子弄暖了之後，嗅聞著周圍散開的隱約清香，雜亂煎熬的心也跟著沉澱至杯底，逐漸看到了解決問題的蛛絲馬跡。

我也不知道
自己想要什麼

喝茶似乎與喝咖啡或其他飲料截然不同，它具有暫時擺脫世上的紛紛擾擾，獨自沉浸在一個人的靜謐的魅力。正因如此，據說許多歷史人物都喜愛喝茶，尤其是拿破崙，據聞他唯一的愛好就是喝茶。雖然拿破崙是個一天僅睡四小時，一生都在編織征服全歐大夢的野心之人，但至少在喝茶的當下，也完全卸下了心防。

無論心情自不自在，喝茶的時光總帶有溫和的魅力，也蘊含了人與人見面後能夠自在談天的力量。詩人金素姸就在《心靈字典》中如此形容茶的魅力：

猶如唯有充分乾燥時，凝聚全身的香氣才會瀰漫開來的一杯熱茶，心與心交會的時間也是如此。為了能夠散發出清香，我需要時時如熱水般溫暖的你。

讀完這段將心比喻為茶的清香文字後，總覺得就像在喝茶般，全身都變得暖呼呼的。我們的身邊需要猶如一杯熱水般的存在，那可能是家人，是朋友，也可能是自己。當你感覺這個世界宛如冰冷寒冬，假如能和那樣的存在一起分享熱茶，自在地綻放言語的花朵，那麼凍結多時的心靈也會稍微融化一些吧？

人生的幸福並不需要多特別的活動，懂得一杯熱茶的從容不迫，進而能與善良的人一起分享那段時光，這就是幸福的人生了吧？有本書曾談到與人共享好茶的社會意義，它即是人類學家金鉉京所寫的《人，場所，款待》。

所謂的款待，是指提供他人位置或認同他的位置，讓他能自在地扮演「人」，也因此將他再次打造成「人」。因為成為一個人，與在社會中擁有一席之地沒有分別。想要扮演一個人，就需要最低限度的舞臺布景和道具，好比說能夠招待某人的空間、替換的衣物、購買茶壺和茶葉的金錢，因此款待也就包含了資源的再分配。

這本書說任何人都有的尊嚴，會在以「人」的方式對待彼此時產生，也就是說，自尊並非只寫在書上的抽象老套詞彙。想要讓所有人都具備尊嚴，社會必須保障的不只是基本的食衣住行，還要有能買一個茶壺，招待他人分享一杯

我也不知道自己想要什麼

茶的「人類行為」。唯有創造一個我們能獲得款待，也能款待他人的社會時，才能討論人類的尊嚴。這段話說進了我的心坎裡。

再次回到《心靈字典》上頭，詩人金素姸為了寫這本書，收集了百來個單字並抄寫在手冊上。就連具有細微差異的單字也都寫下來了，因此聽說總數足足超過了一千個。沒想到表現心靈的說法有這麼多，著實很令人驚訝。我在閱讀這本書時忍不住想，假如所有人都試著寫出自己的心靈字典會怎麼樣呢？其中也必然包含了痛苦煎熬的心吧？這即是一種透過整理自己的心靈字典，準確掌握心情，打造堅實內心的訓練，並且伴隨著一杯熱茶的陪伴。

每天忙得昏天暗地，心靈越是缺乏餘裕時，越需要這種心靈訓練。儘管一定會有忙得焦頭爛額的時候，但放任每天都被忙碌包圍，就會造成問題，也可能表示你在意太多不必要的事。乾脆別去管它，也是一種很好的心靈訓練方法之一，就像馬克·曼森（Mark Manson）在《管他的》（*The Subtle Art of Not Giving a F*ck*）中推薦的做法：

迴避問題或假裝沒有問題，只會變得不幸。就算只是去想自己有無法解決的問題，也同樣會變得不幸。重要的不是一開始就置身問題外頭，而是去解決問題。想要獲得幸福，我們就必須解決什麼。因此幸福是一種行動，也是一種活動，幸福不會從天而降。

曼森說，為了活得更自在幸福，就必須減少無謂的擔憂，只擔心必要的事情。當不必要的煩惱增加，就沒有餘力去擔憂真正必要的事情，自然也就無法解決真正重要的問題。被視而不見的煩惱，到後來會如雪球般越滾越大，再次回到你面前。這本書並不是告訴我們別去管任何事，而是只去在意必要的事情。

我也同樣在《練習幸福》中說過類似的話。幸福不會憑空降臨，而是透過徹底的練習與實踐才能獲得。想擁有家庭的幸福，需要體諒與愛；想修復尷尬的朋友關係，需要解開誤會和衝突；而人生想要獲得幸福，我們就不能把時間精力花在解決不著邊際的問題上頭，或者迴避應該直視的問題，而應該積極地去面對、解決它。

我也不知道
自己想要什麼

在文章開頭，我提到人偶爾會有想丟下一切驟然離開的衝動，而喝茶的時光，其實就是能夠明確了解「人生真正重要之事」的時光。把心思花在不去管它也無所謂的事上，卻錯過或忽視真正重要的事，是絕對無法獲得幸福的。

那麼，該怎麼區分應該在意與不必管的事情呢？心理師克莉司德．布提可南（Christel Petitcollin）《想太多也沒關係》（*Je pense trop*）中，提到我們想要活出自在幸福的人生，首先就必須照顧與愛自己。

愛自己是第一要務。自尊感的重點在於無條件地愛自己。對自己的愛，是自尊感最根深柢固的地基，人可以靠著對自己的愛戰勝人生的所有試煉。

因為別人的問題而想太多，或者被不去在意也無妨的事情奪去心靈的從容，導致無法好好照顧自己時，人生就會變得不幸。幸福與不幸終究都是自找的。請輕輕地安撫內在小孩，去愛他吧，唯有這樣，我們才能培養出面對任何試煉都不為所動的堅韌力量。因為人生的幸福與不幸，終究是由自己的心所決定。

你要不要來杯茶呢？
為了被世上的寒冷所凍僵的你，
我將獻上一杯飽含心意的熱茶。

儘管無法拂去所有的擔憂，
但願一杯茶能讓你找回些許從容與幸福，
也因此找到再次堅強面對世界的勇氣。

沉醉於你的故事的那一夜

入夜時分，突然很想來杯酒。可能是想要洗褪堆積在內心深處的疙瘩，也可能是被下個不停的雨聲或染紅的晚霞所吸引；可能只是因為很開心幸福，也可能是感到哀傷或內心空虛，又或者，我只是純粹想念小酌的滋味。

碰上身邊沒有人懂得我的心情，於是酒就成為我的好友的日子，酒會默默流入內心深處，輕輕撫觸我的靈魂。令我們腳步踉蹌的酒精，有時卻又能替我們穩住踉蹌的人生，聽起來真的很矛盾吧？徬徨的年輕歲月，我在一首詩與酒杯面前流淚許多回，也獲得了許多安慰。

別哭，
大家都是這麼走下去的，

每天躺在黑暗底下翻來覆去，直到早晨來臨，
便懷著一個狗屎般的希望再次出門。
會有人喊著風好冷，說自己還沒從累癱的睡夢中醒來，
然後掉頭回家的嗎？
生活這檔事，可真是不容易啊，
就在喊著「哎喲」的同時，十之八九都會搞得身心俱疲。
就像玩花牌時的好手氣，雖然也會有莫名走運的日子，
但不過就是一時罷了。
誰知道哪一天會不會下起豪雨，
有什麼東西會因那場雨倒塌，又有什麼會被沖走。
即便如此，世界仍是夢想之人的囊中之物。
哪怕是狗屎般的希望，心中懷有一個還是幸福的。
什麼都不期待的人生，該有多不幸啊？
來，喝一杯吧。

我也不知道
自己想要什麼

嚷嚷著一事無成，這渾球般的世界什麼屁都沒有，
將整張臉埋進酒杯中哭泣的朋友啊。

這是詩人白昌宇的詩作〈不是喝了一杯就能聊的話題〉。儘管用字遣詞多少有些粗魯，但我認為許多人會很有共鳴。我也多次在這首詩的陪伴下舉杯，從中獲得了許多安慰。每當將這首詩介紹給親朋好友時，經常會聽到對方回說：「看來今天該來喝一杯了」。想到閱讀這首詩後，就能與某人分享我的情緒，以及每個人都在某處過著不安的一天，儘管彼此看似不同，但又經歷著相似的悲傷，空虛的內心就會獲得些許慰藉。因為即使世事無法如願，但能和某人一起喝上一杯、分享一首詩，就會覺得再怎樣都能撐下去。

你有沒有偏好的酒呢？我自己最喜歡的是燒酒，因為它比其他酒類更便宜，而且唾手可得。無論在任何場合都能自在暢飲，加上酒杯玲瓏小巧，不會造成負擔。在空中撞擊酒杯，再一口氣乾掉之後，身體逐漸暖和起來，總覺得就像在分享彼此的體溫一般。最重要的是，那個燒酒杯充滿了各種回憶。只要

舉起小小的酒杯，眼前就會浮現心愛的人在對面展開燦爛笑容的模樣。

講到這裡，感覺我好像是什麼嗜酒如命的酒鬼，但其實不是這個樣子。仔細想想，藝術家裡頭還真有不少愛好杯中物的人呢。就舉十九世紀法國象徵主義詩人波特萊爾（Charles Pierre Baudelaire）作為代表吧，當時他發表了《惡之華》這部詩集，無論是在當代或今日都享有盛譽。一九七七年，為了進行太空探測所發射的旅行者金唱片（Voyager Golden Records）就收錄了其代表作〈高翔〉的一段文字，至今仍在宇宙間遨遊著。

他的詩讀起來並不輕鬆，甚至稱得上是「收錄世上所有痛苦的字典」。波特萊爾有首特別讓我有感觸的詩〈沉醉吧〉，收錄在波特萊爾離世兩年後才出版的散文詩集《巴黎的憂鬱》（*Le Spleen de Paris*）中，在韓國大獲好評的電視劇《未生》中，這首詩也曾出現在主角張克萊的獨白裡：

就永遠地沉醉吧。這就是一切，也是一切的本質。如果不想去感受時間那可怕的重負——它會狠壓你的肩膀、折彎你的腰桿，就必須持續地沉醉。

醉於何物？美酒、詩歌，還是德性，都隨你意，但是，務必要持續地沉醉。假如，有時你在宮殿的石階上、在壕溝的草叢中、在你寂寥而孤獨的房間裡，清醒了，醉意減弱或消失了，那麼就去問問吧。問風、問浪、問星、問鳥、問鐘錶；問所有逃遁的、哭喊的、流動的、歌唱的、高談的東西：「現在幾點了？」那麼，風、浪、星、鳥、鐘就會回答你：「現在是沉醉的時間！為了不做被時間折磨的奴隸，快沉醉吧，永遠地沉醉吧！無論是醉於美酒、詩歌，還是德性，都隨你的意思。」

要時時沉醉，這句話不單指的是身體上的沉醉，詩人說的是「隨心所欲地沉醉」，無論那是美酒、是詩歌、是德行或別的。期望能夠超越肉身限制的波特萊爾，是以美酒為媒介來追求精神的提升，只不過他追求的不只是自身的安好與安適，他大聲吶喊的，是要我們對風、對浪、對星、對流逝的一切、對歌唱的一切、對包圍我們的一切竭盡熱情，達到至善至美。

就算無法達到波特萊爾的境界，但任何人都能在適量飲酒的狀態下感受幸福，感覺自己稍稍擺脫筋疲力竭、日復一日的生活，更忠於自己的情緒，世界也變得更美麗一些。最重要的是，我太喜歡和一起舉杯的人交心、共度幸福的時光了，我帶著這種心情寫下收錄在《跟自己說聲謝謝》的詩作〈一杯酒〉：

喂，今天得來喝一杯了，
儘管我們過的是蜉蝣人生，
但即便是朝生暮死，我也覺得疲累得要命哪。
你能不能陪陪我，聽聽我的故事啊？

喂，今天得讓自己喝到微醺了。
深陷忙碌的世界中揮舞掙扎，
勉勉強強才踩在地面上站穩。
比起沉醉於痛苦之事，走路東倒西歪，
我更想沉醉於浪漫，雙腳站在這顆星球上。

我也不知道自己想要什麼

你能不能陪陪我，聽聽我的內心話啊？

喂，今天得滋潤一下你的心靈了。
畢竟辛苦的人不是只有我嘛，
我想用真實之眼凝視你的內心，
誠心誠意地替你斟上一杯呢。
我的真心，傳達到你那兒了嗎？

今天得來喝一杯了。

倘若你正在經歷艱辛的時光，我想為你遞上一杯酒。此時你所感受的孤單淒涼、難以招架的悲傷、滲入內心深處的思念，但願你能將它們裝入這個酒杯後，一口乾掉。將彼此的人生盛裝在酒杯中共享、飲下時，我們不是在酒精中沉醉，而是沉醉於彼此的人生與故事之中。

Chapter 2

當「加油」無法安慰你時

#檢視我的時間

老是讓人在意的季節

你曾在凌晨時分，因竄入鼻腔的冰涼空氣突然感受到季節的存在嗎？一般來說，比起在季節的當下，當季節來到尾聲時，我們的感覺會更加鮮明。在被花朵沾染上春天色彩的街道上，在大口咬下的西瓜香甜之中，從草叢中與伴隨著涼風傳來的昆蟲聲之中，我們用全身的細胞去感受，季節在不知不覺中闊步來到我們身邊的氣息。

我經常會思索人生的季節。春、夏、秋、冬四季更迭，接著春天再次到來。儘管人生不會如四季般依序變化，但在不知不覺間來臨的新季節，也會引起情緒的溫度變化，時而在溫暖的悸動之中，時而在冰冷寂寥的情緒之中，我們默默地度過忙碌的日常。

你最喜歡的季節是什麼呢？會不會隨著春天或秋天的到來而情緒低落，或者心情隨著季節而變化呢？

或許你會想，你的人生已經發生了許多事吧。

雖然正值盛夏，但你的心卻在至今未嘗經歷的秋日邊緣徘迴，也有過像被驅趕至嚴冬街道上的心情。想必也有人親眼目睹，你為了遺忘滲入骨髓的冷冽，因此刻意放聲大笑或大叫的模樣吧？

也許你被太多瞬息萬變的人事物，而有些事情似乎直到生命結束也絕對不會改變的想法所束縛，因此站在絕望的懸崖上，俯瞰著無邪卻殘忍的大海。

然而，你肯定會因為有樣東西難以捨棄，因此煽動自己，再多走一會吧，再動一下吧，同時反覆做了好幾次宛如嘆息般的深呼吸。

這是收錄於作家黃庚信的散文集《深夜十二點》中的文字，也是借四季來比喻人生各種情緒變化的文字。只要靜靜地將它們唸出聲，寂寥與揪心的情緒就會莫名跟著湧上。

我也不知道
自己想要什麼

我們在人生中有無數的經歷，即便做了萬全準備，也隨時會有毫無預告、超乎預想的事情紛沓而至。碰到意想不到的事情時，只能苦笑的日子也不在少數。儘管剛開始我們會想辦法收拾、處理它們，但當類似的事情一再發生，就會因身心俱疲而變得麻木不仁，宛如只留下嶙峋樹枝的冬日晦暗風景。

冬季，說真的並不是受到大家熱烈歡迎的季節，我自己就不喜歡冬日的寒氣或寂寥感。因為我本來就是很怕冷的體質，加上一整天縮著身子走路，心情就會變得很抑鬱。不過，冬天是個讓人忍不住會在意的季節，它確實與春、夏、秋不同，具有一種獨占鰲頭感。雖然討厭的部分更多，但矛盾的是，微不足道的情緒反而更顯惋惜與珍貴。

有些事情在嚴冬時節做起來感覺更棒，就拿我自己來說，結束一天的工作後，回家將身體泡在溫暖的浴缸中。當一整天使勁蜷縮，因此完全僵硬的肌肉一點一點鬆開，直到整個人開始變得慵懶時，累積一整天的煎熬、悲傷、擔憂、孤單等負面情緒，就會被不知不覺中被全數洗掉。越是寒冷的天氣就越是如此，想到下班後就能浸泡溫暖之中的那段時光，就能夠充實地度過一整天。

目前為止，我最珍貴的記憶，也是發生在刺骨寒風襲來的冬日。那天我和住在附近的好友們小酌，忘了時間，直到覺得有東西在震動，從口袋中拿出手機時，才發現時間要比想像中晚多了，而且畫面上有好幾通未接來電，全是媽媽打來的。

「媽媽，我已經快到家了，您先睡吧。」

話雖這麼說，但一掛上電話，我又繼續和好友們興高采烈地聊了起來。過了半小時左右吧，媽媽再度打了電話過來。

「承煥啊，你在哪？不是說快到家了？媽媽在外面等你呢。」

明明天氣這麼冷，媽媽卻偏偏站在外頭等我，我的火氣不由得升了上來。

「不是啊，媽，你為什麼要在外面等？今天這麼冷，妳又不知道我什麼時候會到家。」

「你不是說快到家了？我本來想挽著你的手臂一起進家門的，看來你會晚點才到家？」

聽到媽媽非但沒有發火，反而聲音溫柔如水，我不禁心生抱歉與哀傷，瞬

我也不知道
自己想要什麼

間領會到媽媽不顧寒風刺骨的天氣，在外頭等待孩子的那份心意，於是立即向好友們告別，回家去了。我回到家時，媽媽依然在等我。一見到媽媽在只開著電視的黑暗客廳中，揉著惺忪睡眼走過來迎接我的模樣，我的胸口頓時一陣發熱，於是走向前緊緊地摟住了媽媽。

在無數關於媽媽的記憶中，為什麼那天的記憶格外令我印象深刻呢？讀到一首詩時，我豁然領悟了其中原因。

心愛之人啊，
倘若我們沒有冬日，
如何能感受溫暖的擁抱？
彼此的關係如何能更形深切？

倘若沒有這冷冽的顫抖，
花朵要如何綻放？

何來力氣散發香氣？
我又怎能睜開發凍的雙眼等待你？

倘若沒有風雪交加的冬夜，
要如何衡量那些在寒冷中顫抖之人冰涼的心？
如何對融化我凍僵身體的小小溫暖房間心存感激？
如何讓被剝奪之人萌芽希望？

啊啊，冬天來臨了，
寒冷的冬天來臨了，
令人顫抖的冬日之戀來臨了。

這是詩人朴勞解的詩〈冬日之戀〉。儘管在這首詩中，冬天象徵著暗鬱的時代，但對我來說，它卻是無與倫比的情詩。「倘若沒有冬日，如何能感受溫

我也不知道
自己想要什麼

暖的擁抱？」詩人的文字傳達了「無論置身再嚴酷的寒冷之中，我們都能分享彼此的體溫和內心」的訊息。越是冰冷的冬日，媽媽那份溫暖的心意才顯得如此深情，盈滿我的心。

那麼，也許我們人生中的冬日也具有意義吧？經歷苦難的艱辛時光，也並非只有無盡的煎熬，而是一段充滿希望，讓人深切感受到常伴左右的細微溫暖和愛有多珍貴的時光吧？

我曾經親眼看過秋史金正喜[1]的畫作《歲寒圖》。第一眼看到這幅作品時，我覺得太過簡單了，上頭就只畫了幾棵嶙峋的樹木和一棟寒酸破舊的房子。可是，在我得知這幅畫的創作背景之後，讓我產生完全不同的感覺。

創作《歲寒圖》當時，金正喜因身陷黨派之爭，被獨自流放到濟州島。多年的流放歲月，導致他與好友們逐漸斷了聯繫，唯有弟子李尚迪仍一如既往地向恩師捎來問候。李尚迪是翻譯官出身，經常往來中國，每一次他都會將難以取得的珍貴書籍連同信件寄給恩師。他將那些有助於自己出人頭地、享受榮華富貴的珍貴物品，寄給了被流放到遠方、為世人所遺忘的昔日恩師。

收到李尚迪的信件與禮物後，即便濟州猛烈的海風不曾止息，金正喜仍能感受到微微的溫度。接著，他從李尚迪一如既往不變的真心，憶起了《論語・子罕》篇的一段話：

歲寒，然後知松柏之後凋也。

面對如松柏般一如既往地對待自己的李尚迪，金正喜則以《歲寒圖》傳達了自己一無所有、手中僅有紙筆的真心。畫作的右下方蓋有「長毋相忘」的印章，正是「永不忘彼此」之意。我能感受到金正喜對於即便在人生的嚴冬，卻仍一如既往地對待自己的李尚迪所懷抱的真心與溫暖。

也許，正是因為金正喜身處流放的惡劣處境，才能更深切體會李尚迪的心

1 金正喜（一七八六－一八五六）：朝鮮李朝書法家、詩人，字元春，號秋史，留下「秋史體」及韓國文人畫最高水準的代表作品《歲寒圖》。

意有多珍貴。如同因為冬日的嚴酷，我們才能感受到與心愛的人手牽著手、分享體溫的珍貴。

希望是在人生中扮演重要角色的真正力量。希望將未來的光芒投射於現在，也向我們展示往前走的路。我們不能把「希望」和關於利益的「期待」混為一談，因為希望是在現在發揮效力，而非未來。

德國哲學家娜塔莉・柯納（Natalie Knapp）在《不確定的日子的哲學》（*Der Unendliche Augenblick*）一書中如此談論希望。在我們的人生中，顯然不會只有好事發生，相反的情況反而更多。但無論面臨何種困境，但願你都能找到愛與希望的微小種子。只要我們去發掘自己身邊微小卻溫暖的溫度，戰勝嚴冬的寒風刺骨，就能迎來再次悄悄到來的和煦春日。

今天想漫無目的地亂走

走在路上清風拂面，給人帶來好心情。原本感受到的些許涼意，也很快在走路的步伐中消失了。無論是路過行人的模樣或藍天白雲都是如此美麗。像這樣跨出一步又一步，欣賞著周圍的風景，也在無形中有了生氣，心情也好了起來。和別人一起漫步很棒，一個人步行也很好，無論是在旅行途中，或在住家附近走路，都是很令人享受的事，即便只是毫無目的地走著。

你喜歡散步嗎？我非常喜愛散步，所以只要有空閒就會在公司或住家附近漫步，甚至在書店時，只要看到和散步有關的書籍，我就會不自覺地翻閱它，看到很棒的句子時，還會抄寫在筆記裡。

某一天，我為了錄製《人生箴言》的 AudioClip[2]，在翻找詩集時邂逅了詩人趙炳華的〈散步〉。我對這個題目一見傾心，也毫不意外地愛上了這首詩。

我也不知道
自己想要什麼

只要靜靜地品味它，就會想起自己曾經依戀不捨的對象，萌生與那人一同散步的心情。

真想和你一起走這條路。
真想和你一起坐在這片草坪上。
想和你一起漫步於群樹環繞的巷弄，
駐足於噴水池的草坪，
坐在澄黃蜜柑樹下的長椅上。
真想和你一起躺在南國的花海中，
在一片翠綠的庭園中，
我的心猶如鷹般飛在陽明山之上
在和煦的空中振翅，
我想念那些我將再次見面和道別的人。
真想永遠和你一起走這條路。

真想永遠和你一起坐在這片草坪上。

讀了這首詩之後，我的腦海中突然浮現了一個人的臉。他是我的大學好友，和我一樣喜愛散步和文學，於是我約了這位許久不見的朋友。我們碰面之後，天南地北地聊了各種話題、吃了飯，後來我說：「一起去喝個咖啡吧。」朋友笑道：「既然我們是因為一首散步的詩而碰面，不如就來久違的散個步吧。」

儘管大學時代經常一起散步，但畢業、成為社會人之後，要抽出時間就沒那麼容易了。不僅是這位朋友，我就連和其他人一起散步的次數也不多，因為一般來說，和其他人碰面時，通常都是約會議室、餐廳、咖啡廳等室內空間。可是在有限的空間聊久了，某一瞬間也會碰到詞窮的情況，即便彼此再怎麼聊得來，各種話題都能聊得很盡興也一樣，但那天我和朋友一起走路時的對話內容卻有些不同。

---

2 NAVER 提供的一款音頻平臺 APP，內容包含 Podcast、有聲書、語言學習、廣播劇、ASMR 等各種聲音節目。

我也不知道自己想要什麼

「好久沒走路了，感覺真好呢。承煥，你知道走路有什麼好處嗎？」

「嗯，走路有益健康，天氣好的時候，心情也會變好啊。」

「說得沒錯，但最棒的是可以持續愉快地聊天。隨著走路時變化的風景，能說的話題也變得更豐富了。」

確實是如此，那天我和朋友聊了好多，從經過的汽車品牌、行道樹的名稱、那間店為什麼聚集那麼多人等瑣碎話題，到往後該如何生活的真摯煩惱，真的各種話題都聊了。這一天，我再次領悟到散步具有令人著迷的力量。

儘管和別人一起走路很棒，但偶爾獨自走路也能帶來莫大的力量。十八世紀的法國哲學家盧梭（Jean-Jacques Rousseau）就是一位相當著名的散步達人，聽說他尤其喜歡獨自在巴黎近郊漫步。儘管他在當代也是家喻戶曉的人物，但他的一生卻充滿了不幸。他是窮困的鐘錶匠之子，度過相當艱辛的童年，並且深受偏見之苦，和許多人起衝突，甚至因為抨擊宗教界受到世人的指責，走到哪被驅趕到哪。經歷諸多痛苦的他，在晚年以坦率的心境寫下了最後一部未竟之作《一個孤獨漫步者的遐想》（*Les Rêveries du promeneur solitaire*）。

孤獨與冥想的時間，是一天中唯一不會讓我的心變得凌亂或受到妨礙，全然成為我自己，集中在自己身上的時間。此外，它也是讓我能真心說出「這是我以大自然期望的方式存在」的唯一時間。

盧梭說，要安慰自己疲憊不堪的心，靠的是散步時的孤獨與冥想時間。我們在一生中會碰到無數困難，飽受偏見之擾，這時候最需要的是不受他人的視線所動搖，愛自己且堅毅面對世界的態度，但擁有這種態度卻不如說起來那般容易。

我們需要許多練習，才能培養出不受他人目光動搖的堅定態度。有什麼練習會比全然集中在自己身上的散步更好呢？因為只要緩緩地跨出一步又一步，心神就會在不知不覺中集中，找到唯有「我」才具備的價值。

散步本身就具有能為生活注入活力的效果，不單是盧梭，這也是無數的哲

我也不知道
自己想要什麼

學家與藝術家喜愛散步的原因。哲學家康德就以過著比鐘錶更規律的生活聞名，甚至人們只要看到他散步經過，就能得知時間。此外，德國海德堡有一條深受歌德、黑格爾、海德格等人喜愛的小徑「哲學家之路」（Philosophenweg）。有「樂聖」之稱的貝多芬就以輕快地走在鄉間小路的感覺為主題，創作了《田園交響曲》，詩人波特萊爾、韓波、哲學家本雅明也以愛好散步聞名，哲學家尼采（Friedrich W. Nietzsche）甚至說出「想法生於走路之人的腳尖」，可見得其熱愛散步的程度。

事實上，就算沒有這些名人軼事背書，我們必須散步的理由也很明確。散步最大的優點就在於只要能走路，任何人隨時隨地都能做到。只要下定決心，即便是自家門前的巷子都能成為很棒的散步小徑。你可能會想每天都在走路，有必要特地去散步嗎？但有目的地的走路和漫無目的的散步截然不同。

每一步都必然要有目的地嗎？
人生猶如散步般走著也不壞呀。

作家李愛璟在散文集《淚水停止的時間點》指出，散步最大的魅力就在於沒有目的。沒錯，因為散步沒有其他目的，因此能在「沒有目的」的空間全然集中在自己身上，或者和一起散步的同伴分享深入對話，創造一段充實的時光。

倘若現在你對凡事都意志消沉、提不起勁，覺得現在的生活太過辛苦煎熬，那麼不妨透過能撫慰內心的散步來尋找人生的從容吧？獨自一人散步很好，和別人一起散步也很棒，因為散步是最唾手可得，能帶來豐富體悟以及活力泉源的小小綠洲。

每個人都曾有領悟到夢想的目標再也無法實現的那一刻吧？也或許是打從一開始就沒有明確的目標。碰到這種時候，我們可能會失望、挫敗或陷入憂鬱的情緒中。

但是，人生非得一直有目的不可嗎？正如前述作家李愛卿所言，猶如散步般毫無目的地走在人生道路上不也很好嗎？沒有必要每一刻都決定好目的地，然後只去那個地方，有時讓自己悠閒地走著，和喜歡的人一邊聊天，一邊漫遊

我也不知道
自己想要什麼

的時光也別具意義。

我們也會有無瑕環顧周圍，只能望著前方走的時候，偶爾也會有必須全力奔跑的時候，可是，奮力跑到目的地之後，卻對周圍的風景完全沒有記憶。儘管有時全速奔馳抵達目標很重要，但我們也需要毫無目的地的散步，因為人生並不是由比誰在最快的時間內抵達終點的賽跑組成的。

沒必要凡事操之過急或匆匆忙忙，我們也需要猶如散步般好整以暇地欣賞周遭風景的時光。沒有什麼能夠比暫時放下日常的煩惱，和心愛的人一邊走著，一邊靜靜對話的時光更能令我們感到幸福的了。偶爾一個人散散步，擁有全然集中在自己身上的時光也很棒。

但願你能豎耳細聽自己的內心，
堅強的，跨出一步又一步。

在這條路上沒有比你更重要的存在。

無論去哪，要怎麼去，
願你都能熱愛每一個步伐。

但願所有人都能長長久久的，
各自獨立卻又並肩走著，
平穩地走在名為人生的散步小徑上。

像初雪般去愛吧

我們在人生中會碰到多少個第一次呢？我指的是無故感到心動、畏懼又有些特別的「初次」。初次上學、初次上班、初次戀愛、初次失戀、初雪、初次旅行等……很奇怪，只要在前面加上「初次」，所有平凡的詞彙都會莫名讓人感到依戀不捨。

至今我也經歷了無數個初次，最先想到的記憶是小學時第一次學會騎腳踏車的日子。反覆跌倒好多次，最後終於能乘著涼風在公園裡奔馳，那一刻的喜悅，至今仍如此生動鮮明。

「初次」，也曾經成為人生最大的轉捩點。幾年前，我對每天一成不變地往來家與公司的生活感到厭倦，對未來也充滿了不安。每天光是要睜開眼睛就感到痛苦，晚上也睡不好，我帶著無數的煩惱過了將近一個月，直到某天我突然產生天馬行空的想法——若是閱讀號稱「苦惱和擔憂的代表人物」的《哈姆雷特》（*Hamlet*），會不會就能找到解決方法呢？我就這樣每晚翻閱著《哈姆雷特》，並邂逅了一段文字。

> 別輕易傾吐內心，別將瘋狂的想法付諸於語言。你可以交朋友，但絕不要親近待之。一旦你結交朋友之後，若看見真正的友情，就用鐵鍊將其緊緊綁在自己的心上。但即便如此，也別對每一個泛泛之交濫施你的真情。……最重要的是忠於自己，只要能這麼做，就會猶如夜晚追隨白晝般，對自己忠實，才不會對別人欺詐。

這是波洛涅斯（Polonius）給自己兒子的建言，而對我來說，「無論如何，都要忠於你自己」這句話說進了我的心坎裡，讓我冷靜地檢視自己真正想要的是什麼。寫作，正是能夠帶給人們共鳴與安慰的事。我想透過書和文字，給正在經歷難以獨自克服困難的人們勇氣，就像我透過讀書所體驗的一切。之後，

我也不知道
自己想要什麼

我鼓起了勇氣，寫了第一本書《跟自己說聲謝謝》。

我也曾有過帶來無比快樂和喜悅的「初次」，而那就是和心愛的人初次見面的瞬間。那是個雨下不停的夜晚，我和朋友正談到我和一個很不錯的對象約在地鐵站前面，遠處就有個穿著藍色洋裝、撐著白色雨傘的人向我走來，在看清她的臉孔之前，我就莫名確定她是我非見不可的人。我很羞澀地向她打招呼，接著在打算一同前往用餐的地點時，我突然很想和她一起撐傘（明明我的背包裡擺了一把傘）。

「我剛好沒帶雨傘，可以一起撐嗎？」

「嗯，好呀。」

聽到我突如其來的話語，她雖然有些許吃驚，但仍笑著答應了。我們就這麼撐著同一把傘，在雨中漫步到餐廳，至今我仍無法忘懷當時心臟狂跳不已的感覺，就連雨聲和路上來往的汽車聲聽來都如此浪漫。那天，我和她從餐廳又去了酒吧，兩人聊了許久，而現在，我和她的關係變成怎樣了呢？

為什麼下初雪時大家會那麼開心呢？為什麼下初雪時會想和某個人碰面呢？究竟為什麼呢？大概是因為唯有彼此相愛的人才會等待初雪的到來，希望猶如初雪般的世界始終會來到兩人之間的緣故吧。

這是詩人鄭浩承的散文集〈在下初雪的日子見面吧〉的文字，把對於初雪的依戀描寫得很唯美。儘管每年幾乎都會下雪，但我們卻總是談論初雪的美麗。那些約定好要在下初雪的日子見面的人們，更為初雪這兩個字增添了依戀不捨的意涵。因此，我們必須珍惜陪在身邊，讓我們翹首盼著初雪到來的人。

如果你有心愛的人，就請像初雪般去愛吧。我們經常會對初戀賦予深刻的意義，但其實去計算愛情是第一次、第二次、第三次並判斷價值是很愚蠢的行為，因為對於相愛的戀人來說，重要的「初次」是彼此初次見面、墜入愛情的那一刻。擁有心愛的人，能每年和對方一起等待初雪，這是何等的祝福啊？

我也不知道
自己想要什麼

每天早上睜開眼睛的瞬間，從那一刻開始，我們就迎來了全新的今日。今天我們可能會和心愛的人見面，也可能會做自己喜愛的事、令自己幸福的事。其實，只要想到我們的人生都只有一次，從出生到死亡，生命的每一刻都是第一次，就足以讓我們體會到眼前的每一刻都具有意義、具有值得去愛的價值。

因為我活著
才有幸遇見全新的時間模樣
今天，它也和我一同起床
穿上翠綠的新衣
露出燦爛的笑容呢
無論是對著以洗漱開始全新的一天的我
早晨互道問候的家人聲音
或是我走出家門後的鞋子
時間都靜靜地坐著

催促我趕快付出愛
真沒想到，因為活在世上而不斷產生的時間
會是如此令人悸動的禮物呢

最後，我們就透過李海仁修女的詩〈時間的禮物〉，再次感受「開始的那一刻」的珍貴吧。

但願你所有「初次的瞬間」都能綻放璀璨的光芒。
帶來分享愛、享受人生喜悅的全新人生，
成為克服悲傷、戰勝絕望的一線希望，
也因此，「初次」這個開始，
能時時成為令你心臟跳動的禮物。

微不足道
卻珍貴的幸福

你還記得今天早晨上班或上學的沿途風景嗎？你能想起雲朵是什麼形狀，或是路過行人的表情嗎？想必大部分的人都很難回答得出來。我們總是輕易地錯過瑣碎的事情，這全是因為我們每天只顧著拚命往前衝，所以才會錯過吧？

我也同樣曾以忙碌為藉口，以為了往後過得更舒適為藉口，錯過了微小卻珍貴的幸福。我遺忘了應該對微小的幸運心存感謝，也沒有餘力去關心日常生活中珍惜我、體諒我的人。但就連在自己身邊重要的人身旁，都無法感受到簡單的幸福，即便實現再遠大的目標又有什麼用呢？人生，終究是由微不足道的日常集合而成，假如每天過得不幸福，人生自然也不可能幸福。

如今我也才明白，其實沒必要將幸福看成那麼了不起的東西。儘管訂立、實現長期目標也很重要，但也不能因此虛度了「現在」。認真度過一天之後，我們必須尋找微小卻珍貴的幸福來替自己充電，避免自己因日常生活而彈性疲乏。那真的不是多特別的東西，因為有時只需一杯茶、一片餅乾，就足以撫慰筋疲力竭的一天。

> 我機械式地將融入一小塊瑪德蓮的一匙紅茶送入口中，可是就在這一小口混入甜點的紅茶碰觸我的上顎之際，頓時我渾身一震，我注意到我身上發生了非同小可的變化。一股舒坦的快感傳遍全身，我感到超塵脫俗。那份喜悅猶如愛一般，以珍貴的本質填滿我，導致我對人生的變化變得漠不關心，將人生的災難視為無害之物，導致我產生這短暫的錯覺。不，那本質並不存於我體內，它即是我自己，我再也不認為自己是窮酸，是偶然的，是非死不可的存在。

這是普魯斯特（Marcel Proust）《追憶似水年華》（*À la recherche du temps perdu*）中的知名段落，充分地傳達主角靠著一小塊瑪德蓮掃除日常苦惱、抵達幸福的過程。儘管小說的分量極為龐大，卻深刻地描寫了個人的內在，帶來眾

我也不知道
自己想要什麼

多迴響。故事並非依據特別的情節或時間的流動進行，而是全然集中在主角尋找內在意義的過程。

對某些人來說，一小塊瑪德蓮雖然香甜可口，卻是只要咬上一、兩口就會消失的小東西，但對另一些人來說，光從那一小塊之中就能感受到極為豐富的情緒，甚至跨越時空。對這樣的人來說，瑪德蓮具有超越一塊平凡點心的深遠意義。換句話說，普魯斯特深知即便在一項看似微不足道的物品之中，也可能承載人生最大的喜悅，以及能打倒任何苦難的強悍力量。屬於你的「一小塊瑪德蓮」又是什麼呢？但願各位能閱讀著這個段落，試著思考儘管微小卻為自己帶來安慰的珍貴之物。

我也像這樣，對於微小事物所擁有的力量略有所知，因為我就是從一個單純想「和大家分享喜愛的句子」的小小想法開始，卻開啟了先前不曾想過的作家生涯。

擁有微小卻能愉快地持續做下去的某件事，這即是尋找幸福的祕密鑰匙。不需要把幸福想得太過遙不可及，單純吃美味的食物、去旅行也很棒，參加聚會、和其他人見面暢聊各種話題也很好。儘管人生不會因為這些事而有一百八十度的轉變，但懂得日常小小喜悅的人，能用更從容不迫的眼光看待世界，內心也會變得平靜祥和。這並不是其他人給予我們的，而必須靠自身的尋找或打造。亨利・梭羅（Henry David Thoreau）的《湖濱散記》（*Walden; or Life in the Woods*）如此說道：

> 假如我們能夠活得樸實明智，這場人生就不會是痛苦的試煉，而是歡樂的遊戲。我透過信念和經驗確認了這點。

說到微小的幸福時，我們就不能不提到梭羅。他獨自在麻薩諸塞州康科德（Concord）的瓦爾登湖（Walden Pond）居住了兩年又兩個月，創作了讚頌大自然、批判文明之野蠻的散文集。他甚至吐露，「我從未見過有什麼比瓦爾登湖具有更高尚的品行與純粹性」，足以見得他有多麼喜愛瓦爾登湖。我個人非常喜愛這本書，因此收藏了許多出版社出版的各種譯本。儘管這本書關於大自

我也不知道
自己想要什麼

然的細膩、感性表現和描寫也深具魅力，但最重要的是它蘊含了對人生與自由的重要洞察，別具意義。

梭羅親自在瓦爾登湖畔建造房子、劈柴農耕，過著「日出而作，日入而息」的生活，亦即過著順應大自然，依據揮汗的程度領取報償的人生。結束吃力卻充實的工作後，他便以閱讀或寫作度日。對自己的工作全力以赴，懂得全然享受微小幸福的人生，他這種以寫作、以勞動實踐的簡樸人生態度，不正是物質上富足，精神上卻疲憊不堪的我們應該效法的對象嗎？

社會學中有個「破窗理論」（Broken windows theory），指的是即便只是放任街上被打破的玻璃窗不管，都市整體的犯罪率也會增加。這個理論告訴我們，小小的失序可能會演變成社會問題。

破窗理論也可以套用在個人關係上。舉例來說，與戀人或朋友大吵時，問題並不只是一兩個事件，而是長久以來瑣碎的誤解和情緒持續累積，最後問題才會爆發。說出「究竟為什麼要為小事發火」的人，是相當愚昧的，因為這個一點都不能稱為小事的狀況，就是許多小事經過長期層層累積才發生。

比起自己，每個人都應該更關心另一半，這是愛與婚姻成功的唯一基礎。假如彼此關心對方多過自己，兩人的關係必然是對等的。

哲學家兼阿德勒心理學專家岸見一郎曾在《為愛徬徨的勇氣》中說：「愛的基礎，在於關心對方。」關心對方，意味著想要知道對方日常生活中的點點滴滴，持續好奇對方是否吃過午餐，現在心情如何，今天一整天有沒有發生什麼事。換句話說，愛，並不是靠著每天都有特別的驚喜來延續，而是如同我所喜愛的獨立樂團 10CM 的歌詞，來自於「在銀河系茶館的門前見面，一起喝著紅茶與冰咖啡，每天聆聽同一首歌」。

占據我們大部分人生的是瑣碎平凡的日常。我會嘗試下定決心，成為懂得珍視這種日常的人，成為即便面對小事也懂得感謝的人。同時也想著，自己要懂得關切心愛之人的細微舉動，懷抱著體恤之心。

我也不知道
自己想要什麼

由於人生是由瑣碎小事累積而成，
但願我們能成為對彼此傳遞小小喜悅的那種人。

因為幸福，並不是多了不起的東西。
因為即使只靠每天瑣碎的小事，
人生也足以變得幸福。

因為是青春啊

青春雖然會沒來由地綻放笑容，這即是他們擁有的巨大魅力之一。

正如王爾德（Oscar Wilde）說的，青春是就連「沒來由的笑容」都能成為一種魅力，就連凡事笨拙的模樣都很美麗的時期。像發燒班，先是充滿無限熱情，接著突然瞬間冷卻，這段容易受傷的時光，這就是青春。無論是目前正在度過青春的人，抑或是已然走過青春的人來說，每個人必經的這段時期，均是大家津津樂道的話題。

回首我的青春，似乎並沒有什麼明確的目標，就只是隨波逐流而已。儘管老是在失誤，但那段時光感覺並不壞，反而令我感到幸福洋溢，因為那段時光確實每天都隨心所欲地活著。我就像著了迷似的，凡事衝動而為，也付出所有

真心。我曾和一群朋友在夜晚的街頭徘徊，也有過說走就走的旅行，對於喜歡的人事物，也全心全意地付出。若是思考自己為什麼會那樣做，除了「因為這就是青春」，倒也想不出其他答案。

歌手金光石生前在演唱會上如此談論「青春」：

> 為了尋找自我而橫衝直撞，身上具有可能性，而且也懷抱著期待生活，無論那是主觀、一般或是客觀的。因為充滿了自信，所以不由分說地就去做了某件事，最後卻收不了尾，導致自己受傷，或是必須隱藏自己的疼痛。儘管如此，畢竟仍懷有自尊心，所以過得就像玻璃一般，碰到刺激時就飛濺開來，抑或是自行碎裂。

青春即是如此，它如玻璃般纖細易碎，卻絲毫不畏懼受到刺激，無論是飛濺或是碎裂。這也意味著青春的勇氣過人，也充滿了好奇心。有人這麼說過，就在遺失這份好奇心的瞬間，青春就會離我們遠去。過了三十歲、四十歲，年紀漸長，就會遠離刺激，好奇心也會減少，情感變得麻木。凡事不會帶著勇氣去嘗試挑戰，而是會慎重一些，也會深思熟慮。接著，我們會懷念起在不知不覺中逐漸遠去的青春，懷念那燦爛的時光。

對於青春已逝的遺憾，就在這邊放下吧。我想讓現在正在度過這段美麗時光的人，讀讀這一首詩：

讓你的家去高歌、去愛、去歡笑、去哭泣，
必須在那個地方生活，蓋上屋頂，訂立你的生活界線，
同時在靜謐的洞窟內傳遞一聲嘆息，
在你黑暗內在的思維中，
映照著渺茫卻又溫柔的人生與無法估量的時間，
與此同時，盡可能的，
跟著你那嚴肅卻又熱愛漂泊的幻想，穿越世界，
讓你的詩離你遠去，到你深紅地平線的另一端，

我也不知道
自己想要什麼

在耀眼的陽光底下前進。

這是詩作〈致某詩人〉的一部分，寫這首詩的作者是雨果（Victor-Marie Hugo），以小說《悲慘世界》與《鐘樓怪人》聞名的作家，同時也是法國浪漫主義代表性詩人。如題目所示，這首詩原本是寫給詩人的作品，但我認為它也能帶給現今的年輕人莫大的勇氣，因為它傳達了以下的訊息——欣然地歌唱、歡笑、哭泣、付出愛，並忠實於你的情感吧。檢視內在、琢磨人生的同時，欣然地追逐幻想，讓你的詩在耀眼的陽光底下前進吧！

實際上，雨果也比任何人都要忠於自己的情感，度過了熾熱的青春歲月。年僅二十三歲時，他就榮獲法國王室頒發國家榮譽軍團勳位，足以見得其對文學的熱情，而他也曾因為反對拿破崙三世政變，流亡國外長達十九年。儘管大眾普遍認為雨果的代表作《悲慘世界》的主角是尚萬強，但在小說中占據第二大篇幅的是那些活在革命時代的年輕人，所擁有的熾烈愛情、夢想與熱情。

青春，為已經走過該時期的人留下深切的懷念和浪漫，對正在經歷這個時期的人，則展現了無限的可能性。儘管凡事感到混亂笨拙，但這一切都會成為經驗，成為美好的記憶。儘管也會有許多苦難和疼痛，但只要他們不失去勇氣，青春的人們就具有讓這獨一無二的時期綻放美麗花朵的潛力——能抬頭挺胸親自體驗一切，帶著自信寫下屬於自己的詩的力量。

我在錄製《人生箴言》的AudioClip時，曾經介紹過向青春的人們帶來安慰的文字。我想，不如就引用其中一段文字來結束這篇吧，以下是朴雄賢《人生的八個關鍵字》的句子：

不要去找人生的正解，而要去創造正解；
不要去夢想明日，因為忠實的今日將會成為明日；
不要去欣羨他人，儘管缺點無數，但我依然是我。
不要被時代的洪流捲入，因為當代會流逝，本質則會留下。
不要盲目相信心靈導師，因為所有心靈導師均只是參考資料。
但願你能把這本書的所有內容只當成一種意見，

我也不知道自己想要什麼

並且和你心中正直的法官商議，
昂首闊步地走出屬於你自己的人生，
絕對不要遺失對於你這個人本身的尊重。

我們必須坦率地面對自己的心，不要和他人比較或迴避重要的問題，對自己擁有的每一天全力以赴，過著幸福的生活。因為無論是愛、是友情、是旅行，你都具有去享受一切的資格。請試著像乘風破浪的人般，帶著自信與喜悅去迎接逼近眼前的波濤。即便要經歷九十九次失敗，才會有一次成功，但為了那一次的成功，因此欣然地迎接驚滔駭浪，這即是唯有青春才能享受的喜悅。

儘管已經變成了大人

什麼時候變得這麼老了？發現鏡子中的自己在轉眼間變成大人時，偶爾還是會感到陌生。變成大人也不是一兩天了，自己卻總是忍不住露出空虛的笑容。想到照片中的開朗孩子、調皮少年和意氣風發的青年模樣都不知道上哪去了，忍不住還會感到哀傷。

小時候的我曾傻傻地以為，只要變成大人就會懂很多事情，也能做很多事情。當時包圍我的諸多規定壓得我喘不過氣來，每天穿著校服、應付考試、大大小小的事都要受到老師或父母的管束，這一切都讓我感到鬱悶。

可是，等到我真的成為大人之後，才發現有一道比學生時期更龐大堅固的高牆擋在我面前，也不像學生時代只要顧好自己就夠了，現在還得照顧家人、同事等身邊的人。無論是任何事，別說是隨心所欲了，要承擔的義務反而還增

我也不知道
自己想要什麼

加了。也許就是因為這樣，偶爾我還會忍不住懷念起學生時代。學生時代明明覺得很抑鬱的日常生活，現在回想起來卻反而覺得很自由。早知道成為大人之後，會有這麼多責任緊接而來，也許就這樣繼續當個孩子還比較好呢——有時我還會萌生這種沒頭沒腦的念頭。

當個大人，為什麼會如此令人混亂、疲憊呢？要是經驗和責任能一點一點慢慢增加，能以更從容的速度變成大人，那該有多好呢？難道就只有我覺得自己突然就變成大人，所以感到力不從心嗎？

每年，年紀一點一點增長；每天，人生一點一點複雜。

這是吉本芭娜娜的散文集《成為大人這回事》中的一句話，讀到這句話後，我明白了這樣的情緒似乎不是只有我才有，因此獲得了些許安慰。假如是在小時候讀到，也許不會這麼有感覺吧。不過，成為大人之後，「人生變得一天比一天複雜」，這句話為什麼這麼讓人有共鳴呢？無論我多麼試著輕鬆視之，只要想到每天迎面而來的人生課題，就會不自覺地感到頭昏腦脹。對這種情緒深有共鳴的眾多大人，這本書還說了別的話：

就算沒有變成大人也沒關係，但請成為你自己，因為那是各位誕生於這世上的目的。

成為自己，只有這件事才是誕生於這世上的目的，這句話給了我安慰。我們經常受到成為大人之後，就應該做出與之相符的言行舉止、負起責任的壓力所折磨。但是如此遵循世界的標準，一味在意他人的眼光，這就叫做大人嗎？我認為沒有必要所有人都變成「那種大人」。

直到現在，我仍認為自己還不夠格成為大人，就算別人斥責我不懂事也沒辦法。意識他人如何看待我的眼光，會讓自己揹負不必要的包袱生活，只是徒增疲累。我們不需要揹負那種包袱，只要過好自己的人生就夠了。

但是，世界不會輕易就放過我們。我也經歷了很長的職場生活，領悟到這

我也不知道
自己想要什麼

個社會不容小覷的道理。在學校學到的專業知識，在社會上並不是那麼管用，有更多時候，會不會察言觀色要比能力更重要。怒火中燒或感到冤枉的時候也不在少數，下班之後，看著夜空喟嘆的時候何止一兩次？以為是自己人的朋友，有時也不懂我的心情；備感吃力的時候，職場上的前輩也多半靠不住，反而還會為我帶來沉重的包袱。

我們所航行的這片人生大海正是如此，它絕對不是平靜的。人生總是在搖晃，無論是在家庭或職場，隨時都會有狂風巨浪襲來。無論怎麼努力想要挺直站好，依然很容易就被打倒。也有很多時候，明明覺得自己沒事，淚水卻突然湧上，就算感到疲累，但聽到別人說大人都是這麼生活的，因此只能不動聲色，或把淚水硬吞回去。

但你大可不必這麼做，沒關係，累的時候就說累，流淚也無妨，真的已經筋疲力竭時，暫時坐下來休息也很好。重要的只有一件事，那就是不能把人生的船舵交給其他人。

所有人真正的義務就只有一個，就是走向自己……不是無論遇到何種際遇都是好的命運，大家應該關注的是找到屬於自己的命運，並且避免命運被扭曲，完整地保存在自己體內，活下來。

赫曼．赫塞（Hermann Hesse）《徬徨少年時》（*Demian*）點醒了我，我們真正應該關注的就只有我的想法、喜好、人生與態度，也就是說，不必逼自己去迎合他人和社會打造的框架，而是去找出屬於自己的命運。令人沉痛的是，我們兒時各自懷抱的夢想，卻大多在成為大人的同時遺失了。我們向世界妥協，再也不嘗試尋找自己真正想做的事、屬於自己的真正命運之類，並且稱呼追尋這些的人是「不切實際的夢想家」。

然而，無論是兒時或成為大人，我們都只當過自己而已。因此，若是冀求真正的幸福，就應該把擁有自己的想法、自己的態度並守護它們視為第一考量，而不是他人的視線或社會標準。別去煩惱自己該怎麼做才能成為「體面的大人」，只需要尋找屬於自己的命運，全然地活出人生就行了。給我這個教訓的

我也不知道自己想要什麼

《徬徨少年時》，是一部每次閱讀時都會有全新感觸的作品，即便長大成人之後閱讀，也會得到新的體悟。

今天也平安無事地結束了一天，我對自己所做的一切心滿意足。我很幸福、很滿足，也不知道有什麼樣的人生會比這更好。因為我已經運用人生賦予我的一切打造出最棒的人生——人生終究是由我們一手打造，始終如此，未來也將如此。

撰寫《人生永遠不嫌太遲》（*Grandma Moses: My Life's History*）一書的摩西奶奶（Grandma Moses），從小就夢想成為畫家，可是環境卻不允許，所以摩西奶奶直到七十六歲高齡才第一次提筆作畫。儘管大家都說為時已晚，摩西奶奶卻對這種話嗤之以鼻，之後經歷了二十多年的畫家生涯，畫了一千六百多幅畫，甚至在九十三歲時成為《時代》（*Time*）雜誌的封面人物。韓國也有一位七十歲才開始經營 Youtube 頻道，現在已成為世界知名創作者的朴末禮奶奶。

對這兩位來說，「已經錯過了時機」或「年紀太大了」絲毫不具意義，這些常見的偏見完全不構成問題，重要的就只有帶著勇氣，去實踐自己想開心去做的事情。

我們擁有的每一天都只屬於我們，無論是再了不起的人，都無法代替我們活這一天，也沒人能夠活出與他人一模一樣的人生。我們都是這個世界上唯一的存在，因此必須更加珍惜、愛護那樣的自己，活出能感受幸福的人生。不是出其他人，而是由自己創造的人生。

就算沒有成為大人，或沒有活出精彩的人生也無妨，因為只要每一個當下能夠做自己真正想做的事，竭盡全力去當自己，這樣就已經算是活出了有價值的人生。

不加油也沒關係

每個人都有需要安慰的時候，感到倦怠、孤單、悲傷或太過疲累時都是如此。碰到獨自難以承受的事情時，我們會借助某人的肩膀，為彼此加油，互相給予激勵與安慰。

可是很奇怪，有時「加油」這兩個字卻只讓人感到吃不消，而且完全感受不到對方的真心，也就是說，明明是安慰卻達不到安慰的效果。這時需要的是什麼呢？我真的不需要任何激勵，也不需要任何安慰，所以放著不管也沒關係嗎？不是的，這時需要的不是「再加把勁」，而是「現在這樣也很好」，去肯定自己的存在本身。

在我剛開始以菜鳥之姿進入公司的時候，老是緊張兮兮地看著別人的眼色，做的工作就只有在影印機和座位之間跑來跑去，雖然是很理所當然，但我每件事都笨手笨腳。接著有一天，部長叫住了路過的我。

「你手頭上還沒有業務吧？那你分析一下競爭對手的商品。」

由於當時我認為部長是個高高在上的人物，所以不敢問部長我具體應該做什麼事情，只快速地回答一聲「是」後就回到座位，等到我盯著電腦螢幕時才開始冷汗直流。我翻遍了公司內部網路和網路資料，一邊絞盡腦汁一邊完成報告，至於自己做得好或不好則是完全沒有頭緒。雖然我跑去向前輩們尋求建言，但大家都只是回答：「喔，再整理一下就行了，好好做！」、「你辦得到！加油！」

雖然得到了無數「激勵」與「安慰」，卻沒有得到實際的建言。我感到非常茫然，直到過了下班時間許久，一位跑外勤的前輩回到公司，我頓時有種遇到救世主的感覺。這位前輩沉著地聽我說話，檢視我的資料後說道：「你做得很認真呢，現在這樣也不錯，不過這部分再加強一點會更好。」對於一整天下來只聽到空洞的激勵話語、感到疲乏不堪的我來說，飽含真心的一句「你做得很認真」、「現在也很好」，不知道帶給我多大的安慰。

我也不知道自己想要什麼

人生中三不五時就會碰到類似的狀況，即便是相同的安慰，有些能夠充分傳達真心、帶來力量，但相反的，有些則是沒有毫無助益。「加油」、「認真做」，光靠這幾個字無法帶來什麼安慰，也感受不到真心。因為真正感到吃力的人需要的不是這些話，而是率先帶著真心傾聽、瞭解對方的心情。

這個世界充斥著強調「加油」、「要認真生活」等激勵的話語，但如今聽到這些話，大家並不會感到精神百倍。我倒是想說，不加油也沒關係，大概就是因為你太用力、太過處心積慮，所以才會走入歧路、走進錯誤的世界。只要想著「不用加油也無妨」，心情不是會輕鬆許多嗎？人啊，其實沒有那麼拚命生活的理由。很奇怪，只要這麼一想，反而就會有力氣。壞人是給我們過多負擔的那種人。就算不加油也無妨，只要配合自己的速度，一步一步往前就行了。

這是辻仁成的小說《請給我愛》的句子，最近這個段落也經常在我的腦海中打轉。今日的我們最迫切需要的，大概就是這句話吧，不是「加油」，而是「不加油也沒關係」。

「不要緊，你已經做得很好了，不必再加油也沒關係。」對於已經筋疲力竭，卻無法好好放鬆坐下，只能硬撐站著的人來說，這句話帶來了多大的安慰呀。因為耗費太多力氣，反而會誤入歧途或走進錯誤的世界；不要用力，才反而會有力氣，這些話點醒了我，我們必須產生力量的理由並不是為了他人，僅僅是為了自己。

每個人都有適合自己的速度，沒有必要勉強自己跑得快，或是強迫自己去追隨他人或社會的速度，因為一旦這麼做，真正必要時反而會使不上力，途中也會因彈性疲乏而倒下。跑到氣喘吁吁、筋疲力竭時，不必再勉強自己也沒關係，這種時候，就稍作休息再上路吧。

雖然想把事情做好，能力卻只到這裡，此時我們經常會提到「全力以赴」這幾個字。是啊，這真是一句偉大神奇的話。在那之後，歲月流逝，我成為了大人，成為了社會人士。在社會上，全力以赴是基本配備，所以如果是自言自

我也不知道自己想要什麼

語也就罷了，在他人面前，我卻不敢貿然說出「全力以赴」了。

人生不如我所願時，我經常會捫心自問，究竟該做到什麼程度才算是全力以赴。為什麼付出了全心全意，卻還是感到空虛寂寞呢？雖然我不知道正解是什麼，卻隱約明白一件事——當我的「全力以赴」與他人的「全力以赴」相遇、迸發火花的地方，有時會綻放花朵，有時也會流出淚水，這就是人生。

有時儘管全力以赴，卻依然天不從人願。作家鄭熙在散文集《也許我最想聽到的話》說，碰到這種時候，不可任意要求他人再傾注全力。

一個人能拿出的勇氣和力量有限，「全力以赴」也有其極限，我們不該以他人的全力以赴來裁量自己，反之亦然。請別因為被人逼問：「你為什麼沒有盡全力？沒有更拚命去做嗎？」就因此受傷，因為你真的已經竭盡了全力。這時你需要的是蘊含真心的共鳴與安慰，以及「共同的全力以赴」，也就是說，不是靠你或我一個人全力以赴，而是攜手合作，一起做到最好。當我的全力以赴與他人的全力以赴相遇，儘管也會有流下淚水的時候，但最後也可能會得到綻放豔麗花朵的圓滿結果。

要他人全力以赴、要對方加油時，同時也應該伸出自己的手。當對方跌倒時，就攙扶他一把；當對方疲乏之時，也應該替他分憂解勞，跟對方說一起加油。我們應該說的是：「為了能讓你再加把勁，讓你全力以赴，我也會加把勁，全力以赴協助你。」倘若所有人都能抱持這種心態一起加油、全力以赴，這個世界不是會更美好一些嗎？我暗自盼望著，我們能像這樣成為對彼此帶來力量的存在。

逃離日常的真正旅行

現在想想，那趟前往有「天堂島」之稱的夏威夷之旅，算是一個滿衝動的決定。翻閱雜誌時，我突然想到自己一次也沒去過夏威夷，於是預訂了機票，同時也心想既然都去了，相較於千篇一律的旅行，我更想體驗不為觀光客所知的祕密景點，所以特別找了位於島嶼深處的住宿。直到抵達住處門口，我都還忍不住懷疑，這裡真的有住的地方嗎？但就在這裡，我邂逅了嶄新的世界。

這是個由清脆響亮的鳥兒啼叫聲、在微風的吹拂下搖曳的草葉摩擦聲，以及潺潺溪水的流動聲構成美妙和音的地方。您曾經有在森林的歌聲中迎接早晨的經驗嗎？那個地方正是如此。儘管有不便之處，但承受這些不便卻很值得。為什麼我會突然有在這種地方下榻的想法呢？大概是因為被普魯斯特的這句話吸引吧。

真正的旅行，並非造訪陌生之地，而是擁有全新的眼光。

如果只要想要輕鬆地度個假，在飯店或渡假村休息觀光更好吧？但讀到這句話之後，我對旅行的看法徹底改變了，並開始尋找旅行的全新理由。我開始思索，在遊覽觀光地點、體驗異國食物或文化之外，如何能夠培養「全新的眼光」？所以首先，我選擇了平常絕對不會選擇的住宿處——能感受島嶼上鳥兒如何高歌、森林如何呼吸的隱密深處。

儘管旅行能為我們帶來擺脫日常的特殊經驗，但我們終究仍必須再次回歸日常。透過照片或影片留下回憶自然很好，但如果能如普魯斯特說的「培養全新的眼光」，那該有多好呢？倘若能做到這點，即便是旅行結束後，也應該能把日常過得更多采多姿。

想必大家小時候都曾讀過安徒生童話，其中包含了〈賣火柴的小女孩〉、〈人魚公主〉、〈醜小鴨〉等數百篇作品。說起童話作家這個頭銜，總給人一

我也不知道
自己想要什麼

種溫柔浪漫的感覺，但聽說安徒生（Hans Christian Andersen）的童年過得很貧困，也對自己的外表深感自卑。〈醜小鴨〉就是他的自傳，因為長相不同而飽受欺負與批評的醜小鴨，最終領悟到自己其實是天鵝，並且振翅飛往高空。從這個故事中，我們似乎能夠理解安徒生是以何種心境創作出這部作品。

就像這樣，安徒生的童話蘊含了他的人生與哲學，描繪了人類與世界的各種面貌，不過他把某件事看得跟創作同等重要，那就是「旅行」。安徒生是個為旅行痴狂的人，一有時間就會提著行囊外出，甚至還留下了「人生即是旅行」這句名言。他的作品中之所以會提到許多關於旅行的故事，也是基於這個原因。從二十五歲的青年時期開始，到離世的前幾年為止，安徒生始終都在旅行。安徒生會基於各式各樣的理由旅行：擺脫日常生活的旅行、逃避世人批評的旅行、尋找作品題材的旅行、漫無目的的旅行……等。

也許是因為這樣，他的童話世界相當多彩多姿。可能是透過旅行，安徒生才得以描寫出更豐富多元的世界吧？旅行即是如此，它能透過日常生活中做不到的經驗，幫助我們擁有與眾不同的視野。

「我們必須在明天離開，要一年後才能再次回來，可是我們不能把妳獨自留在這裡。妳能和我們一起離開嗎？我力氣很大，可以抱著妳穿越森林，翅膀也很強壯，足以載著妳橫越海洋。」

「好，一起上路吧！」

〈野天鵝〉的王子們被壞心的王后詛咒變成天鵝後，邀請妹妹艾麗莎一起離開。在這趟險惡無比的旅程中，艾麗莎尋找著解開哥哥們詛咒的方法，最後也迎來圓滿的結局。也許安徒生是想透過這個故事傳遞訊息：為了克服眼前的困難，有時我們需要到遠處去觀看問題，亦即，我們需要旅行。

旅行的另一個魅力是交流，這也是我們與心愛的家人、好友、戀人一同旅行的原因。到陌生的地方旅行時，共度的時光就會增加，產生共鳴、能夠分享的記憶也會累積。我們能在特別的地方創造許多有別以往的經驗，而這些經驗即便是回到日常之後，也會變成回憶。不必到很遠的地方也沒關係，因為重要

我也不知道
自己想要什麼

的是一同經歷相同的時空。

我認為，自己必須長久記下的不只是那溫度，不只是青年的微笑，而是在那之上的交流。往後當我到陌生的地方旅行時，碰到無法正常溝通的時候，這時就買下兩個一模一樣的東西，然後帶著真心將其中一個遞給對方，同時臉上掛著燦爛的笑容就行了。

我非常喜歡詩人李秉律的散文集《吸引 TRAVEL NOTES》的這段話，因為它把旅行時應該抱持的態度講得太好了。這段文字讓我體悟到，旅行時應該具備的不是觀光客的姿態，而是朋友的姿態。就像我們剛結交一個新朋友時，彼此小心翼翼，但只要帶著真心靠近，即便彼此語言不通也能締結良好的關係。假如能在陌生的旅行地點交到好友，那麼即便在旅程結束之後，那個地方將不再只是觀光景點，而是我朋友居住的地方，是充滿依戀與懷念的地方。

日常的幸福很重要，但為了能夠更加珍惜那份幸福，我們有必要經常逃離日常。搭乘火車或飛機到遠方旅行也很棒，但在不曾造訪的社區或巷弄散步、重新走訪過去生活的社區或學校運動場，也能是一趟美好的旅行。

每天早晨睜開眼睛，我們便迎來全新的一天，也可以說，這是我們還沒體驗過的全新時間。那麼似乎也可以說，每一天的生活都是一場旅行。只要這麼想，日常就會變得特別、幸福一些，同時我們也會暗自下定決心，要把名為人生的旅程過得更加盡興。假如至今你仍對旅行有所遲疑，那麼最後我想讀這段艾倫・狄波頓《旅行的藝術》（*The Art of Travel*）這段文字給你聽：

> 其實問題並不在於目的地，真正的嚮往在於「離開」。「無論去哪都好！只要是這以外的世界！」依照他所下的結論，只要能離開就好。

現在正是出發的時候

倘若知道自己想要的是什麼，就不需要害怕作夢。只要你希望能以自己真正喜愛的事情出人頭地，將這份期望付諸行動，以及不害怕失望的話，你的夢想就必然會實現。儘管要走的路相當險惡，有時會跌倒受傷，但人生的成功終究屬於做夢之人。

求職階段的我，曾在閱讀《30歲前一定要搞懂的自己》時，在這個段落停頓了一下。我忍不住嗤之以鼻，雖然這些話說得很好，但不覺得有些老套嗎？可是就在得知作者金惠男的人生後，我的想法有了一百八十度的轉變。

她是位備受矚目的精神科醫師，但四十三歲時被診斷出罹患帕金森氏症，這對她來說，無疑是個晴天霹靂。剛開始她感到非常冤枉，埋怨世界，什麼都沒辦法做，一整個月都躺在床上。後來，她的腦中突然浮現這個念頭：「可是我現在還有更多能做的事，為什麼要這樣自暴自棄？」

從她站起來開始，至今近二十年的時間，她治療患者、養育孩子、寫書和上課，即便置身在任何人都會感到絕望的情況，她卻堅決不放棄，也毫無所懼，透過親身實踐傳達「要勇敢作夢」的訊息。「人生的成功終究屬於做夢之人」，這句話也給了我莫大的安慰與勇氣。在求職到處碰壁的艱辛時期，就是靠著這句話帶給我的力量，我才得以重新站起來，而沒有徬徨或倒下。

所謂的夢想究竟是什麼呢？我們在人生中為這個詞彙賦予了眾多意義。儘管每個人夢想的模樣與大小各自不同，但它們都有一個共同點，就是夢想往後能成為什麼，或是夢想能夠擁有什麼，就像兒時許下的未來夢想。

我也像其他人一樣，同樣在兒時擁有許多夢想。說起來也很理所當然，當時的夢想幾乎都沒有實現，不過倒是實現了兒時完全沒想過的新夢想，那就是靠著寫文章、分享文字維生。不瞞大家說，小時候我的夢想並沒有作家這項，大學時期也沒有認真思索，因為我就和其他人一樣，度過了平凡無奇的學生時

我也不知道
自己想要什麼

代，依照分數考進學校、當兵、畢業、上求職前線、進入公司，沒日沒夜地度過一天又一天。

可是我現在卻以「讀書給你聽的男子」的身分和大家分享好書佳句，也成了出版好幾本書的作家。此時實現的夢想，是直到幾年前我都無法想像的。

「承煥啊，真希望你以後能成為作家。」

至今我仍偶爾會想起，一位非常疼愛我的修女對二十歲左右的我說過的話。修女看到我很喜歡收集書中的佳句並和大家分享，所以對我這樣說，但當時我並沒有將這句話認真放在心上，因為腦中完全沒有要成為作家的念頭，也沒有自信，但就在某一刻，我才領悟到自己內心深處有想要寫作、成為作家的夢想，最後才鼓起勇氣開始寫作。

假如我直到現在都沒有鼓起勇氣，那會變成什麼樣子呢？大概就不會有現在的我了吧。編織夢想時，有一件非常重要的事，那就是不要早早就感到畏懼，而應該勇敢地去挑戰它。

你所能做的最大冒險，就是活出你夢想的人生。

美國脫口秀主持人歐普拉（Oprah Gail Winfrey）曾說過這麼一句話。儘管度過了一貧如洗與充滿暴力的痛苦童年，但她卻克服心理陰影，透過持續不懈的挑戰，最後實現了自己的夢想。現在的她，給予和自己同樣擁有不幸遭遇的人希望與勇氣，發揮了正向的影響力。

哥倫布（Christopher Columbus）是歷史上最勇敢的冒險家之一，他最廣為人知的故事就是「哥倫布的雞蛋」。有一天，有人故意對參加晚宴的哥倫布找碴，說他只不過是走運，才能成為第一個發現新大陸的人，自己也能輕易地達到相同的成就。這時，哥倫布拿起放在餐桌上的雞蛋，說道：「這裡有一顆雞蛋，有沒有人能將這顆雞蛋立在餐桌上？」

許多人接受了挑戰，雞蛋卻在餐桌上四處滾來滾去，最後誰也沒能成功立起來。此時，哥倫布靜靜地拿起雞蛋，將尾端稍微打碎之後，順利地將雞蛋立在餐桌上。「請看，現在誰都能成功立蛋了吧？但無論是看起來再容易的事情，

我也不知道自己想要什麼

要當第一個做到的人卻很困難。」

據說這並不是真實發生的事，但我們可以從中學到一項重要的教訓。夢想不能只靠頭腦想像，而必須身體力行、付諸行動，因為唯有帶著勇氣欣然迎接冒險，嘗試實現夢想之人，才能將夢想打造成現實。

我們所有人都會作夢，也想過著夢想中的人生，可是如果光想不練，夢想終究都只會是一場夢。重要的是想要活出那種人生的意志，就像即便置身於各種苦難之中，依然為了實現夢想而欣然迎接冒險的哥倫布或歐普拉一樣。幾乎沒人能一次就實現夢想，大家都是腳踏實地的一步一步往前，最後才結出甜美的果實。重要的是毫不停歇地持續作夢、躬身實踐，就像朝著終點線一步步前進的馬拉松。

可是看看身邊的人，卻經常碰到有人不知道自己該擁有什麼夢想，雖然這也再所難免，因為我也曾是個過來人。

其實我們都心知肚明，最上乘的教誨已經存乎我們心中，只是我們沒有跨出第一步的勇氣，或者時機未到，所以才無法付諸行動罷了。人生在世，總會碰到需要心靈導師或榜樣的時刻。儘管好的心靈導師或榜樣會為我們指引正確的人生方向、傳授知識，但我認為，就算沒有那樣的對象——或者就算有，也不必對他們的建言照單全收。

真正重要的是依據自己的狀況，將建言應用得恰如其分，並把它打造成「完全屬於我的東西」。無論某人走過的路看起來再怎麼光鮮亮麗，終究無法保證那條路對所有人都是好的，反而對我來說，可能是恰好相反。無論聽到再怎麼出色的建言，終究必須由我們自行開闢自己的道路。

我們必須在生活中時時作夢，而且編織屬於自己的夢想，亦即，不去在意他人的視線，追求自己真正冀望的夢想。即便他人走的路看起來更加平坦乾淨，我想走的路卻如此險惡難行，有時我們仍必須欣然迎接冒險，因為幸福不會因為追隨他人就手到擒來。

胸有成竹地去做夢吧，
無論什麼夢想都好，盡情地去想像吧。

我也不知道
自己想要什麼

不必是多宏偉的夢想，
和心愛的朋友或戀人見面，
每天一起分享一杯茶，一起歡笑，
或是結束充實的一天後，放鬆地躺在床上，
也可以是一種夢想。

無論你編織的是什麼夢想，
願你每天都能盡情享受逐步實現夢想的幸福。

人生即是記憶

「你一定要記住我。你能夠永遠記住我的存在，記得我曾經在你身邊嗎？」

我答道，「當然，我會永遠記住你。」

村上春樹的小說《挪威的森林》中，主角渡邊和直子有過這樣的對話。想必每個人都有想要恆久記住的瞬間，可是為何我們會記住已然逝去的時光，產生喜悅、悲傷、依戀與懷念的情緒呢？大概是因為我們無法輕易抓住時間吧。雖然想要長久記住珍貴的瞬間，但時間卻不從人願，不斷地流逝，記憶也漸次扭曲、變得模糊，猶如渡邊說的這番話：

我已然忘卻了過多的人事物。當我靠著拼湊記憶寫出文章時，偶爾會被極

我也不知道
自己想要什麼

為不安的心情瞬間包圍，只因腦中驀然出現了這個想法——我會不會喪失了最重要的記憶？

任何人都有一輩子不想遺忘的記憶，而我也有這麼一個記憶，就是童年時在鬱陵島奶奶家的記憶。

儘管記憶已經相當模糊，但那段時光在我的記憶中留下這樣的意象：晨間時鳥兒啼叫，在花草和樹木的香氣中自由跑跳嬉戲的畫面。在這個地方，甚至不需要鬧鐘，因為輕快的鳥叫聲和溫暖的陽光就會緩緩地叫醒我。從睡夢中醒來之後，我就會靜靜地坐在簷廊上，專注聆聽向我靠近的一切。在小小的庭院裡，處處開滿形形色色的皋月杜鵑，不知名的花朵和樹木的香氣隱隱約約地向我靠近。蝴蝶、蜜蜂和各種昆蟲忙碌奔波的模樣也接二連三地映入眼簾。原本看似靜謐的庭院，頓時搖身化為生意盎然、生機勃勃的場所，大家似乎都很歡愉地向我問候早安。

在那裡度過的日子，每一刻都如此美麗祥和，我就像是整個人被龍捲風帶到了《綠野仙蹤》中的奧茲王國，白天我會帶著和我一樣大的塑膠臉盆追逐麻雀，也會為了抓甲蟲而成天在草地上打滾，樹木花草、狗兒貓兒、陽光與涼風都成了我的好朋友。那是我與如今身在天國的奶奶曾共度的時光，所以才更教人懷念，並在記憶中散發燦爛的光芒。

奶奶離世後，我有好一段時間沒去那裡，直到長大成人，才久違地再訪鬱陵島。我擔心著會不會和記憶有很大出入，果然不出我所料，記憶彷彿破洞般變得稀稀落落，看來看去，都覺得與童年感受到的豐饒相去甚遠。街道也讓人感覺十分陌生，所以我有些許失望，但很快的我就接受了現實，因為我領悟到，在韶光荏苒下變化的鬱陵島風景，又會展現有別於童年的另一番美感，留下全新的記憶。

小說家賈西亞・馬奎斯（Gabriel García Márquez）曾在自傳《活著是為了講述》（*Vivir para contarla*）中如此說道：

人生並不是一個人的過去，而是現在那人記住的一切，以及為了講述他的

我也不知道
自己想要什麼

人生，應該如何去記憶——人生即是記憶。

讓人忍不住漾出微笑的幸福記憶、心痛的記憶、在旅行地點興奮的心情，由無數記憶構成的即是我們的人生。

幸福的人生，想必是擁有許多珍貴記憶的人生。為了擁有眾多珍貴記憶，終究我們必須充實地度過眼前的每一刻。我們必須活出「與心愛的人一起去做最開心的事，想將一分一秒都留在記憶中」的那種人生。我不是說其他時候，而是此時此刻。

人生不會如我所願，只留下美好的記憶，
時而會持續想起痛苦煎熬的時光，
以及鬱悶喘不過氣的瞬間，
導致我們心生動搖。

幸福的記憶還來不及包圍我，
就被擠到呼吸急促的繁忙世界中。
儘管很努力想要只記起美好的記憶，
卻無法如我們所願。

碰到這種時候，不要被過往所牽絆，
不如試著充實地度過此刻、度過今日吧？
因為日復一日的現在，
經過時間的淬鍊，又會成為我們的其他記憶。

願你的人生時時充滿美麗璀璨的瞬間，
也願你能珍藏這些珍貴閃耀的記憶，
朝氣蓬勃地度過每一天。

活著的關係，活著的回憶

想必你一定聽過「人是靠回憶維生」這句話。回憶具有一種奇妙的魅力，越是與他人分享，人生就會越豐富。不是只有好事才能成為回憶，因為事過境遷之後，有時痛苦或留下傷口的壞事也會成為回憶。我們就像這樣創造許多回憶，度過一天又一天。

回憶猶如一個寶箱，雖然不知道打開時會跑出什麼，但總之裡頭裝滿了讓我們不自覺漾開笑容的珍貴物品。此時的你，擁有什麼樣的寶箱、什麼樣的祕密抽屜呢？我自己就有許多幼年時期的回憶，其中有首詩精準地說出了我的心聲，就是李海仁修女的詩作〈回憶日記2〉。

即便一天內會打開數次

每次打開時　就又驀然懷念不已的
童年祕密抽屜

創造祕密抽屜的原因
難道是期待有人來關注的虛榮心使然嗎

裝滿了要替娃娃做衣裳的色紙與碎布
寫下未來夢想與童謠的筆記本與鉛筆頭的
童年抽屜　是就連黑暗都能化為
閃耀心動時刻的寶箱

經過無數年頭的現在　我的抽屜內
卻只堆滿了一無是處的塗鴉與塵埃
以及我一手打造的憂慮

我也不知道
自己想要什麼

那段無憂無慮、天真無邪、開朗又幸福的時光，無法再次重返的那段時光，至今仍令我懷念不已。那是對身邊的一切感到無比神奇，即便是非常微不足道的小事也會開懷大笑、大呼小叫，是「就連黑暗都能作為閃耀心動時刻」的日子，可是，為何如今我的抽屜中卻只堆滿了憂慮呢？

現實的疲憊，似乎就是依靠回憶所帶來的安慰去撫平。將往事打造成美麗的故事，為現在注入能夠好好走下去的活力，也激勵我們再次生氣蓬勃地走向未來。只要不失去勇氣，即便是曾經令我痛苦的回憶，也能從中獲得全新的領悟和能量。但是，我們應該如何對待那樣的回憶呢？我在閱讀一本小說時，邂逅了這段文字：

不見面的人，就與死去了無異。哪怕那人活在你的回憶中，終有一天也會徹底死去。在這世界中，有什麼事不會發生呢？儘管此時此刻和你牽著手，但只要放手道別之後，不就有可能無法再次見面嗎？總之我想說的是，你必須和喜歡的人持續見面，無論發生什麼事。

這是金城一紀中篇小說〈戀愛小說〉的句子。金城一紀是史上最年輕的直木賞得主，也是我個人非常欣賞的小說家，而我尤其喜歡這本書前面的段落。

他說，生命中需要的不只是回憶，重要的是將它打造成現實，也就是說，要對往後一起創造回憶的人全力以赴。如果有喜歡的人，就必須持續與那個人創造回憶，卯足全力去成為對彼此來說「活著」的人。

我們想起的回憶分成兩種，一種是與再也不見面的人之間的「死去的回憶」，另一種是和持續見面、維持關係的人之間的「活著的回憶」。兩者之間，能使我們的人生更加健康豐盛的是哪種記憶呢？當然是後者了。

和喜歡的人必須持續見面，因為唯有如此，才能以回憶為媒介，互相分享話題，持續累積新的回憶。為了建立「活著」的關係，我們必須時時付出努力，要是雙方都不努力，遲早就會變成死去的關係，無論是曾經何等親近、珍惜彼此的關係。

最近老友的母親過世，我去參加了告別式。因為兩人多年未見，所以稱不上非常親暱，但因為知道這種悲傷有多深切，所以為了安慰老友，我帶著沉重

我也不知道
自己想要什麼

的心情前往靈堂。許久未見的老友的臉色顯得很蒼白，但神情似乎很平靜。在我表示哀悼後，便在告別式會場的某個角落坐了下來，過一會兒，朋友朝我走了過來。

「承煥，謝謝你。」

老友對我露出微笑，頓時我的心中五味雜陳，正苦惱著該怎麼開口的剎那，老友再次說道：「真的好久沒見到你啦，看到你還好好活著就夠了。」

雖然只是稍作寒暄，但我們在東聊西聊後向彼此道別，其中尤以「看到你還好好活著就夠了」這句話，直到現在仍在我腦海中縈繞不去。

沒錯，看到彼此還活著的樣子很重要。我們總是太過理所當然，認為無論何時都能見到珍惜的人，但要是彼此不見面，就無法稱之為活著的關係。建立關係時，最重要的就是「見面」，我透過金城一紀的文字，以及與老友之間的對話，深刻地體悟到這點。

對於儲存在手機或社群好友名單中的無數姓名，我不禁悲傷地想：或許對今日的我們來說，像這種彼此不見面、與死去相去不遠的關係要更常見吧？儘管隨時隨地都能互傳訊息、按讚，但更重要的，難道不是親自見面，看著彼此的臉聊天、分享溫度嗎？這些不是才能讓我們擁有更具生命力的人生嗎？

此時的你如何度過一天呢？是不是經常只是口頭說著「找時間碰面吧」、「找時間吃個飯吧」？我也經常把這些空頭支票掛在嘴邊，但現在卻認為，假如自己有很珍惜的人，就需要努力把對方當成「活著的人」來對待，不是只有聯繫而已，而是實際和對方碰面。

見面這件事需要很大的決心，它是一封訊息、一通電話所花費的力氣所無法比擬的。準備的時間、去和對方見面的時間、見面後相處的時間等，我們必須把這麼多時間花在對方身上，也因此對方必然是珍貴的。如果有人約你碰面，等於是他願意欣然承受這些麻煩。對於真正想見到的人，我們要有著「無論發生什麼事都要見上一面」的心態。儘管為此我們必須承受許多事情，卻能從中得到更多收穫——與珍惜的人談天、分享溫度並層層累積回憶。不只是令人開心的好事，一起走過艱辛的壞事，也都會成為美好的回憶。

荷馬史詩《奧德賽》（*Odyssey*）出現了這樣的句子：

我也不知道
自己想要什麼

朋友啊，我們對於災殃絕對不是無知的。這是我的想法，不過這次的事遲早也會成為我們的回憶。

《奧德賽》是描寫特洛伊戰爭的英雄奧德修斯（Odysseus）為了回到故鄉，在海上漂泊長達十年，並因此展開冒險旅程的龐大敘事詩。他們在漫長的旅程中經歷了各種曲折，而這句話是在奧德修斯和夥伴在破壞一切的漩渦怪物「卡律布狄斯」和有六個頭的海妖「斯庫拉」之間進退兩難，最後好不容易逃脫之後，奧德修斯為了安撫夥伴所說的話。至今西方仍會使用「陷入斯庫拉與卡律布狄斯之間」（between Scylla and Charybdis）這樣的說法，類似於我們平時說的進退兩難、四面楚歌。

對經歷生命遭受威脅的險境的人來說，能帶來安慰的即是回憶。奧德修斯訴說著克服困難的同時，一切都將成為回憶，並用以激勵他人產生勇氣的這番話，讓人有了以更正面的態度看待人生的力量。

越是能使回憶空間化，它的根就會扎的越牢固，亙古不變地存在著。

哲學家加斯東・巴舍拉（Gaston Bachelard）曾在《空間詩學》（*The Poetic of Space*）一書中如此描述回憶。扎下堅韌的根部、亙古不變的關係，終究取決於彼此在相同的空間共度了多少時間。

在這條脈絡下，我認為關係始終必須是動詞，它不該僅止於「家人」、「朋友」、「戀人」這樣的名詞，而是持續創造、分享彼此能相處的各種空間，它才會形成有生命的關係。要是不這麼做，無論是哪種重要的關係，終究都會失去意義。擁有鮮少有機會看著彼此的臉、好好吃上一頓飯的家人，或不對彼此說出內心話的朋友或戀人關係，又有什麼意義呢？

國、高中時期，我和父親的關係有些生疏。父親被公司調到地方城鎮後，可能是因為父子倆一個月才能見上一次面，所以儘管父親總是帶著和藹的笑容說出金玉良言，但小時候的我卻對父親有種說不上來的距離感。偶爾父親說：「兒子，我們聊一下吧。」我也只會木訥地回答：「又沒有什麼好聊的……」

我也不知道
自己想要什麼

我和父親的關係好轉的契機，是在彼此試著努力增加相處的時間、分享感興趣的事物開始。我們刻意地增加一起用餐的時間，也一起去露營，慢慢地累積新的回憶，我才有機會聽到父親的內心話，稍稍理解他的心情，並且坦率地說出自己的感受。拜持續創造回憶所賜，如今我們才有許多能開心暢談的趣事，彼此也經常聊天。

與珍惜的人之間的回憶，並不只限於過去，無論是此刻或未來，我們都能盡情創造。越是認為親近的關係，就越需要持續創造、累積回憶。而且，為了讓回憶延續下去，最重要的即是持續見面、對話，努力把彼此的關係打造成有生命的關係。

為了使我們活著的今日在遙遠的來日留下美好的回憶，希望你能盡可能地和此時身邊心愛的人，持續累積開心幸福的回憶，因為回憶正是唯有活著的人的專利與祝福。

驀然想起的那張臉孔

我總會驀然想起某些事，可能是懷念或孤單，也可能是喜悅和悲傷等情緒，又或者是人、回憶、欲望之類的東西。或許就是因為這些驀然想起的片段，我們才能過得更好。就像手機鬧鈴會提醒我們一時遺忘的行程般，它們也點醒了我們，內心產生了何種情緒，還有迫切渴望的又是什麼。

我想起的幾乎都是人們的臉孔，他們都是我喜歡也很珍惜的人，不過，似乎不是我才如此，尤其是在談論愛情的詩中，也經常使用「驀然」這個詞彙。這個詞彙帶有一種奇妙的感覺，一旦想起，胸口就會一陣溫熱，腦中的昔日記憶也會跟著漸漸甦醒。閱讀時若看到這個詞彙，我就會不由自主地沉浸在懷念之人的回憶裡。

你曾經在看到美好的事物或享用美味的食物時想起誰嗎？下面這首詩一定

我也不知道
自己想要什麼

會深得你心。

驀然邂逅美好的事物時
倘若腦中浮現了希望
此時能在你身邊的臉孔
那就意味著　正愛著某人

在幽靜的風景　或美味的食物當前
卻不會想起任何人
那人若不是絕對的強韌　就是真的很孤單

為了將鐘聲送至更遠處
鐘必須承受更強烈的痛

這是詩人李文宰的〈玩笑〉，是以人和關係為主題，以美麗的語言來表現的詩。正如這首詩所說，有想要一起享用美味料理的人，或者就算沒有那樣的人，有個至少想拍張照與其分享的人，就是一件非常幸福的事，因為無論是戀人、家人、朋友等，有許多「驀然想起的人」，就代表你現在充分地愛著，也過得很好。

倘若美麗的事物、美味的食物當前，腦中卻沒有想起的臉孔，這人要不是絕對的強韌，就是真的很孤單，這樣的形容尤其切中我心。我就曾經有過發現自己忙著應付枯燥貧瘠的日常，就連邂逅美好的事物時也想不起任何人，於是突然感到哀傷的時候。此外，「為了將鐘聲送至更遠處，鐘必須承受更強烈的痛」則點醒了我，無論生活再如何辛苦疲乏，也需要有些驀然想起的人事物，哪怕是孤單或疼痛，也具有其意義與價值。

我非常熱愛讀詩，讀詩時，整個人彷彿置身在只聽見鳥啼蟲鳴的靜謐森林中，內心變得平靜，若是靜靜吟味，也經常會有靈感乍現的時候。我很好奇，為什麼不是看小說或電影，偏偏是在讀詩時有這種心情呢？有次讀到詩人許秀

我也不知道
自己想要什麼

卿的散文《在沒有你的陪伴下走著》這段話，我才豁然醒悟：「啊，是這樣呀。」

讀書的時間是這樣的時光：是以為已經忘卻的人事物重返的時光，是重新發現那段時光，並再次回到那段時光。

我從二〇一二年經營《讀書給你聽的男子》，和大家分享佳句、介紹好書給大家至今。剛開始做這件事，是基於一種想和他人分享為我帶來安慰的金玉良言的心情。

剛開始我只是持續上傳簡短的句子，但總覺得有點空虛，所以開始思考有什麼能幫助大家更專注於文字，對這種感性產生共鳴，後來便上傳了照片。我認為把與文字契合的照片一起上傳、介紹後，大家會對蘊含在文章中的訊息更有共鳴，而我首次附圖的文字，就是詩人鄭容轍的詩作〈某天，驀然〉。

某天，驀然

我有了這樣的想法

原來，我認為自己做得很好
他卻可能認為我做得不好啊
原來，我認為自己很謙遜
他卻可能認為我很傲慢啊
原來，我認為自己很信任他
他卻可能認為自己受到了懷疑啊
原來，我認為自己愛著
他卻可能對我的愛渾然不知啊
原來，我正在做個結尾準備離開
他卻可能會認為我很努力地
想要多停留一會啊
原來，我至今仍在等待

我也不知道
自己想要什麼

他卻可能認為我早已經遺忘啊
原來，我認為這是對的
他卻可能認為那才是對的啊

就像我的名字有別於他的名字
就像我的一天有別於他的一天
原來，彼此的想法
也可能會相異啊

了解到每個人的想法會有不同時，我們就能建立比較良好的關係。其實，只要不牽涉到感情或利害關係，大部分的關係都是良好的，可是神奇的是，一旦牽涉到感情或利害關係，經常就會衍生問題，彼此會起嚴重衝突，傷害到對方的心，關係也會因此鬧僵。

我也經常發生在關係中互相傷害的狀況，但每次讀到這首詩，就會覺得獲得安慰。我會回頭檢視自己，告訴自己：「畢竟我的想法不可能和其他人完全相同」、「寬容大量一點吧」，並在內心制定屬於自己的標準。

我們每天都很認真在生活，儘管會對一成不變的日常感到疲乏，也會碰上許多辛苦的事，但在生活中也必然會碰上微小卻珍貴的閃耀瞬間。儘管不可能只有好事發生，但假如你會冷不防產生「啊，我真的活得很認真」的念頭，或者驀然發現在身邊閃閃發亮的某樣東西，那就表示你現在真的、真的過得很好。

有一天下班途中，我看著街上的道路產生了這樣的想法：以彼此相似的模樣往前延伸的道路，就像我們的人生一樣，總覺得很感傷。難道大家千篇一律地去上學、在社會上打拼、組織家庭，這就算是美好的人生嗎？我懷著苦澀的心情繼續走著，接著突然留意到行道樹的根部蹦出了地面，我開始思索平時看不見的行道樹根部。是啊，儘管我們看到的行道樹都被修剪成類似的樣子，但在土地深處的根部卻以各自不同的模樣牢牢地扎根。

我們的模樣不也是如此嗎？表面上雖然都按照社會的標準、帶著不相上下的樣貌，內在卻懷抱著各自迥異的可能性。只要紮下的根夠牢實，嶙峋的枝葉

我也不知道
自己想要什麼

就會再次長出來。我們只要找到內在擁有的無限可能性，好好培養，也必然能綻放擁有自己個性與魅力的美麗花朵。

願你有個驀然想起時，
微笑也跟著綻放的人。

也願你對其他人來說，
同樣是那樣的存在。

如果你能有個驀然想起的人，
又能當個被想起的人，
這樣的人生，就算是很不錯的了。

深夜的訪客

整個人沉浸在深邃的黑暗中，我在無法輕易掙脫的極度靜寂中，蜷縮著身子，怔怔地凝視地面。原來在如此幽暗漆黑的地方還是能看見東西啊。儘管地板如透明深邃的水般潔淨，卻無法得知其深度。若是隨意邁出步伐，說不定會墜入那無盡的深淵。我靜靜地向黑暗搭話，此夜約莫何時會結束，何時能夠擺脫這孤單冰冷的心情？然而，夜晚卻依然默不作聲。

夜晚總會以不同的姿態向我們走來，有時冰冷兇猛，有時卻又讓人暖洋洋的。只要到了晚上，腦中就會浮現更多思緒，無論是正面的想法、負面的想法，全都擅自慌亂地在腦中穿梭。要是試圖攫取那些思緒，睡意就會在轉眼間逃逸無蹤，只剩下一雙未闔上的眼睛越發清醒。

我也不知道
自己想要什麼

沒有什麼黑暗比人的眼睛還要深邃。倘若沒有這份深邃的黑暗，你的眼神也不會神采奕奕。原來只要看著那雙眼神就能活下來啊，如此反覆說著，那就能活下來。不作為的人生要比主動創造的人生更困難。為了沒有作為，要有熠熠發光的眼神、熾熱的心，以及牽著某人的手走過夜晚的勇氣。

作家韓歸恩的《行走於夜晚的句子》中記載了各種關於夜晚的文字。我尤其喜愛「沒有什麼黑暗要比人的瞳孔深邃，有了這份深邃的黑暗，眼神就能神采奕奕，就能夠活下來」這句話，它曾給了我很大的安慰。夜晚越深，月亮星辰越發皎潔閃耀，那麼，當我們人生的夜幕越深，也會有更多價值非凡的事物越發閃耀發光吧。

其中一項就是感受性。很奇怪，夜晚總讓人特別多愁善感。有時默默地沉浸在靜謐的氣氛中，就會莫名想起某人的臉孔。想起那張臉時的表情，有時是孤單或懷念，也可能是喜悅。當皎潔的月亮高掛夜空時，我特別會想起詩人金龍澤這首詩〈只因月亮升起，就給我打了電話〉：

只因月亮升起，就給我打了電話。
這個夜晚太過歡欣美妙了，
我的內心，也升起了前所未見的
皎潔明月，山腳下也多了一座小村莊，
這份殷切的思念、刻骨銘心的愛戀，
將乘著月光，送到你面前。

天哪，
只因河畔月色明媚，
就給我打了電話，
潺潺流水的某處，
驀然傳來了水花迸發飛濺的聲響。

「只因月亮升起，就給我打了電話」，光是靜靜咀嚼這句話，就莫名讓人

我也不知道自己想要什麼

感到心頭一陣暖。在快要感受到寒意的夜晚，如果能夠欣賞這麼一首詩，又有個只因月亮升起就打來電話的人，就能度過更加溫馨的時光吧？

夜晚就像這樣，有時也會助長愛苗的滋長，告白信也多半都是在晚上寫的，而不是在白天。我也是如此。我會一邊想著心儀的人，一邊把各種字句抄寫在日記本的一頁，或者寫下傾訴內心的信件。儘管早晨來臨時，大部分都會因為羞於閱讀而沒能寄出。如今，雖然當年的感性已不復見，但只要想起那些不眠的夜晚，仍會不自覺地莞爾一笑。

直到現在，我仍多是在晚上寫文章。這算是長久以來的習慣，或許也可說是受夜晚獨特的魅力吸引。無論是閱讀或寫作，白晝與夜晚的感覺也不同。有些書會讓人忘情地一路讀到凌晨，有些書卻連翻上幾頁都有困難，很快就會直接闔上，但無論是哪一種，我都非常喜歡這種完全隨心所欲、屬於我的時間的夜晚。

我曾經和朋友聊過，讀一本書其實需要驚人的努力，因為有別於只要靜靜欣賞的影片，翻閱書頁這件事完全取決於我們自己，所以我在推薦書籍時才總說，不需要有一次讀完的壓力。

一天只讀一兩頁很好，讀一兩個句子也不錯。儘管只是一個句子，但如果能觸動心靈，也比閱讀數本毫無感動的厚書更有價值。倘若能在睡前捧書閱讀時，遇見那麼一句話也很棒。為了夜幕漸深卻遲遲無法入睡的讀者，在此推薦一首詩給大家。

偶爾我會為了尋找你而深至地底，
試圖在那陰暗潮濕的地底尋找
只停留在時間邊緣的你。

朝地底深處去，看看那些根部，
在土地之中，植物之母或如小小的神經線交織，
像曬衣繩上掛上了美麗的寶石，
穿過那時間薄膜般的紅寶石或藍寶石等物，

我也不知道
自己想要什麼

彷彿接收了土地流下的淚水般，如此閃耀。

偶爾我會為了尋找你而深至地底，
因為我想前往唯有愛才具有意義的歲月之中，
因此將腦袋塞進地下水脈中，
想要控制我如玻璃般清晰的頭痛。

當淚水盈滿眼眶時，
地球藏著這麼大量的地下水，該會多麼想哭啊。
海洋裡有足夠多的水，足以環抱地球的腰嗎？

也許就在你躺在夜晚之中融化時，
無水的沙漠會緩緩地朝你走來，
沙漠也許會對你說話，

我愛你，
讓你的淚水沿著地下水前來般愛我吧。

這是詩人許秀卿的作品〈致夜裡躺下的你〉。自一九九二年移居德國，至二〇一八年離世為止，她的創作不輟。詩人寫出了身為異鄉人的孤單與思念，從她留下的許多詩與散文作品，感受到她對人與故鄉的溫暖情感，是我非常喜愛的作家。特別的是，她在德國研究的是考古學，也許是因為這樣，我才對這首詩更有感覺。地底和夜晚同樣都是在暗處，當陰暗潮濕的地底根部懷抱著淚水如美麗的寶石般，詩人卻從中看到希望，這樣的心意是何等的溫暖。

一般來說，夜晚時格外能感受到孤寂的存在。即便白天置身於俗世的各種糾葛中暈頭轉向，但到了夜晚，大部分都會變成孤單一人。就算是和某個人在一起，入睡之後，終究會全然地變成一個人。夜晚，當我們躺下時，感覺彷彿進入了陰暗潮濕的地底下，帶著前一日的遺憾，以及對明日的恐懼等情緒。

不過我們也別忘了，即便是在如此深沉的夜晚，也仍有我們要去愛的一切、照亮這黑暗的事物。

哪怕孤單在這個夜晚找上門來，
你也能戰勝孤單，如明月星辰般綻放美麗的光芒。
我們能欣然地迎接照亮夜空的明月與無數繁星，並成為摯友，
因此你別太過寂寞，要感到開心，
至少這個夜晚肯定明白，光是誕生、生活在這世上，
就已經證明你是具有價值的珍貴存在。

此時，此刻

「Memento mori（勿忘你終有一死）」，是大家熟知的一句拉丁語格言。只要是人，就無可避免死亡。即便是中國的秦始皇和埃及的法老等擁有至高無上權力之人，也都曾夢想長生不老，最後卻只能在死亡面前無力倒下。

但即便我們明知如此，平時卻仍漠視不管，甚至在鬼門關前走了好幾回的人也不例外。大家都認為那是很遙遠的事，不把它當成現實問題看待。因為每天生活就夠吃力了，或者是出於不想去面對死亡，我們還會刻意迴避它，同時內心默默地祈禱自己和身邊的人能永遠避開。

這句拉丁語格言，據說是在過去羅馬時代，用於迎接結束大戰凱旋歸來的將軍。將軍乘坐在由白馬領頭的戰車上，在市民的熱烈歡呼中進行街道遊行，並讓奴隸坐在其身旁，高喊這句格言。這個故事中蘊含的智慧是：無論是多麼

我也不知道自己想要什麼

功成名就的人都不該驕傲自矜，而應該時時保持謙遜的態度。

然而，「死亡時時在你我身旁」並不是只有壞處，因為它也提醒我們，我們擁有的此刻有多珍貴。要是大家都長生不老，那會怎麼樣呢？想必人生的價值將會黯然失色吧。就算我們下定決心做某件事，也會基於「反正以後隨時都能做，何必急著現在做？」的想法而將事情擱置一旁，最後人們就會毫無意義地度過一天又一天。正因為人的生命終有時，我們才會懷著珍惜現在的心態活下去。每每提及「此時此刻」的重要性時，我就會介紹一首詩。

所有的事只會發生一次
現在是如此　往後也會是如此
我們在毫無預習的情況下出生
不經任何練習便死去

就算我們是名為世界的學校中

當「加油」
無法安慰你時

最愚鈍的學生
也沒有留級這回事
無論是夏季或是冬季

沒有哪一天是重複的
沒有兩個一模一樣的夜晚
或是兩個相同的親吻
兩道相同的眼神

昨日　當有人在我身旁
高聲呼喊你的名字時
彷彿有一朵玫瑰花
從敞開的窗戶落入我手中

我也不知道
自己想要什麼

今日　當我們像這樣在一起時
我轉頭面向牆壁
玫瑰？玫瑰是長什麼樣子呢？
那是花朵嗎？還是石子呢？

日子艱辛，是什麼促使你
為了無謂的不安而恐懼？
你存在——因此你會消逝
你會消逝——你因此美麗
面帶微笑　互相依偎
讓我們試著達成共識
即使我們的差別之大
就像兩顆水滴般……

這是辛波絲卡（Wislawa Szymborska）的詩作〈僅只一次〉（*Nothing Twice*）。她是在一九九六年榮獲諾貝爾文學獎的波蘭詩人。這首詩總帶給我極深刻的感受，當我萌生想延宕重要事情的念頭時，就會想起這首詩。

倘若沒有哪一天是重複的，也沒有相同的夜晚、相同的親吻、相同的眼神，我們就必須像第一次般竭盡全力去迎接。好比說，對待心愛的人時，我們不該因為太過熟悉自在而疏忽對方，而應像是初次墜入愛河般體諒、珍惜對方，坦率地表達自己的情感。

每每談到這話題時，我就會想起一個羞愧的記憶。那是發生在大學時期，一個天氣已經十分清冷的秋日，我難得和一群好友約好了要碰面，但因為有作業要完成，所以先來到附近的咖啡廳。作業寫了一段時間後，突然間有人拍了拍我的肩膀，原來是說好要碰面的其中一位朋友發現了我。於是我和那位朋友一同前往約定的場所，就在大家集合完畢，打算一起去吃飯時，稍早前在咖啡廳巧遇的朋友對我說：

「承煥啊，你還記得之前我們去你們家玩嗎？」

「嗯，怎麼了？」

「當時你父親和我們每個人都握了手，他的手真的很溫暖。」

「喔對啊，不過為什麼提這個？」聽到朋友沒頭沒腦地提到我父親，我感到很訝異，可是隨即就因為朋友說的話而滿臉通紅。

「可是啊，你不管在咖啡廳還是現在，雙手一直放在褲子口袋裡，一次都沒伸出來。打招呼時也有一搭沒一搭的，臭小子，就算我們再怎麼要好，見面時也開心一點吧。」

我頓時感到很慚愧。我確實因為彼此都很熟稔、相處起來很自在，而不把珍貴的人當成一回事。因此，我決心效法父親，當個「即便只是短暫和兒子的朋友見面，也伸出溫暖的手和對方握手，時時用真心對待他人」的人。

前面辛波絲卡雖然說我們沒有第二次，但也有人說人生會一再重複，他就是哲學家尼采（Friedrich Wilhelm Nietzsche）。在《歡悅的智慧》（*Die fröhliche Wissenschaft*）一書中，他透過「永劫回歸」（Ewige Wiederkunft）這個概念，向我們拋出重要的提問。

你必須再次經歷此時過的，以及過往至今的人生，而且必須反覆無數次。其中沒有新意，所有痛苦、快樂、思想與嘆息，在你的人生中無法言喻、大大小小的一切都會再次找上門來，並按照相同的先後順序……你希望再次過這個人生，並反覆無數次嗎？

關於尼采所拋出的這個問題，從時間重複無數次的角度來看，看似與辛波絲卡所說的「時間不會重複」截然相反，但兩者要傳達的訊息其實是相同的。因為尼采所說的永恆回歸，並非像穿越般可以一再回到過去，做出其他選擇，而是在不改變此時選擇的情況下，做出可以恆久重複的最佳選擇。這也意味著，「此時此刻」對我們來說是唯一，也是最重要的。「Amor fati（命運之愛）」，去熱愛命運吧，尼采的這句教誨，也能在這條脈絡下去理解。

我們所有人都活在現在，無人例外。儘管我們也需要未雨綢繆，為未來做

我也不知道
自己想要什麼

好準備，但倘若錯失或犧牲太多此時此刻的人事物，那真的稱得上是幸福的人生嗎？我們根本就不知道自己還剩下多少時間啊。

忠於當下，去做最令自己開心的事，以一顆溫暖的心去對待身邊的人們，這樣的人生必然是美麗而有價值的。無法重來的人生，還有就算一再重複也無妨的此刻人生，我們難道不該活得沒有遺憾嗎？

現在，我們
把明日之事交予明日，
活在今日吧。

把明日的擔憂交予明日，
抓住今日的幸福吧。

Chapter 3

留在我身邊的人，跟我保持距離的人

彷彿世界只剩下我一個人

想必沒有人希望感覺自己被孤零零地留在世上。我們所有人都活在關係之中，若是沒有能互相表達愛的人，或沒有獲得他人的體諒時，就會受到很大的傷害，悵然若失。覺得世上沒人懂得我真實面貌的人時，也是如此，即便身邊有親朋好友，若其中沒有懂你的知己，內心也會持續感到空虛寂寞。

我們總會碰到空虛寂寞排山倒海而來的時候，彷彿一切如泡沫般變得毫無意義，人生也漫無目的地隨波逐流。無論做任何事，只要轉過身，就覺得只剩自己一人，什麼樣的安慰都起不了作用，只覺得心情無比凝重。

我也經常產生這種空虛感，儘管大家都說，你身邊總不乏許多人圍繞，應該不會感到孤單，可是和大家度過吵吵鬧鬧的時光之後，在獨自回家的路上，我卻總是感到空虛寂寥。我也有過被愛所傷，覺得自己再也無法把心交給任何人的時候。像是大學時代擔任康樂活動主持時，雖然站在舞臺上的我得到許多掌聲，但只要一下臺，隨即就會被深深的空虛感所包圍。在求職處處碰壁的時期，也不禁認為自己是世界上最沒用的人。

彷彿沒人了解我心情的日子，不，就連我也不懂自己，所以什麼都安慰不了我，一切都顯得毫無意義。當時的我沒有愛的人，也覺得不會有人愛我。我們經常會碰上一切顯得虛無，無論做什麼都覺得自己孤零零的時候，而在我孤單煎熬時，有些文字說出了我的心聲。覺得自己形單影隻的你，希望下面這首詩能為你帶來些許安慰。

回首時，自己總是形單影隻。
愛我的人走向我時，我後退了；
我走向我所愛的人時，他卻漸行漸遠。
當我再次走向遠離我的人時，他開始有壓力而躲避我；
而即便我往後退卻仍向我走來的人，我卻因為想避開而難以承受。

我也不知道自己想要什麼

比起愛我的人，我愛的人總是顯得更美；
比起始終願意待在我身邊的人，我更需要我想待在他身旁的人。
想見的人見不著，卻老是遇見想見我的人，人生可真淒涼啊！
因此，我始終只能是孤島，
回首過去，島總是在借酒澆愁，
沒人知道島何以哭泣，也沒人探問，島為何總是舉杯飲酒。
波濤今天也迎面撞擊懸崖的胸口，
卻無法觸及懸崖上的花朵。

這是作家李龍采的詩作〈只能獨自一人的理由〉。細細咀嚼「我始終只能是孤島／回首過去，島總是在借酒澆愁」這段話，感覺就像作家在我身旁舉杯啜飲，帶給我莫大的安慰。當我覺得自己像是一座孤島時，這首詩要比其他人說的話更懂我的心情，帶給我安慰，就像是在替我加油似的，告訴我：「我也有過類似的心情」、「儘管大家難免會碰上這種時候，但只要舉杯暢飲，拍拍屁股重新站起來就沒事了」。雖然我們都是一座孤島，但也擁有能前往其他島嶼的船隻與橋梁，因此絕對不要放棄希望。

感到疲憊，沒有力氣見其他人時，只要能夠邂逅理解我心情的言語或文字，就會稍稍產生力量。雖然我們終究無法活在其他時代，或者體驗別人的人生，但可以透過書籍間接體驗，這大概就是閱讀最強大的力量了。

碰到困難，需要希望與勇氣時，我會像反覆唸著咒語般，腦海中浮現一個人物，他就是史考特・費茲傑羅（F. Scott Fitzgerald）的小說《大亨小傳》（*The Great Gatsby*）主角——蓋茲比。

他擁有高度發達的觸角，能在人生中偵測希望。希望，那浪漫的人生，正是他所擁有的卓越天賦。

文學上有個說法「迷惘的一代」（Lost Generation），指的是奪走無數生命的第一次世界大戰結束後，在美國掀起了虛無、追求快樂的社會氛圍，在其

我也不知道自己想要什麼

中擔任主導角色的青年世代。美國小說家葛楚・史坦首次使用了這個說法，海明威則在《太陽依舊升起》一書中寫道「你們都是迷惘的一代」，從此廣為人知。戰爭過後，在絕望與虛無中失去人生意義和目標，徬徨的世代就此登場，費茲傑羅、海明威、葛楚・史坦、威廉・福克納、艾茲拉・龐德等赫赫有名的作家都生活在這個時代。

其中，又以費茲傑羅與他筆下的蓋茲比自然而然的成了該時代的代表人物。在世人耽溺於虛無的快樂時，即便只是幻想或執著，他們至死仍沒有放棄希望與愛的可能性。當我深陷於無盡孤單與虛無的情緒時，只要想到無論身處何種現實也能找到希望的蓋茲比，就會莫名得到安慰。我是他的粉絲，甚至心想要是他就在我眼前，真想和他喝上一杯呢。

雖然不是書，但伍迪・艾倫（Woody Allen）的電影《午夜巴黎》（*Midnight in Paris*）能讓我們間接體驗這種想像。這部電影描述前往巴黎旅行的主角吉爾，在午夜散步時突然回到了一九二〇年代，在這趟時空旅行中發生的一切。這個年代除了前述的海明威、費茲傑羅之外，也是畢卡索、莫內、竇加、高更、達利等偉大藝術家活躍的時代。看電影時，我心中極度羨慕主角能在一九二〇年代巴黎的美麗街道上漫步，和「迷惘的一代」代表性人物們談天說地。

電影中登場的無數藝術家之中，我個人認為原本是費茲傑羅的朋友，日後卻變成強勁對手的海明威（Ernest Hemingway）最具魅力。怎麼說呢？在他看似強悍的言行舉止中，彷彿能感受到脆弱的內心。「世界上沒有壞題材，只求內容真誠，句子簡潔不造作，以及無論在何種壓力之下，都不失勇氣和品味。」這段臺詞尤其深得我心。想透過文章傳達「不喧嘩的真心」的我，因此得到了很深的靈感。看完電影之後，我找了他的小說和散文集來看，其中留下深刻印象的便是描繪他在一九二〇年代巴黎生活的散文集《流動的饗宴》（*A Moveable Feast*）。

在河畔遛達時，一點都不感到孤單。我可以每天在樹木蓊鬱的城市裡親眼見證逐步靠近的春天，直到有天晚上吹來一陣暖風，到了早晨，便徹底迎接春日的來臨。時而會下起一陣狂暴的冷雨，將春日驅逐出境，彷彿新的季節絕對

我也不知道
自己想要什麼

不會到來，甚至感覺我的人生中會徹底遺失一個季節。

即便是曾經榮獲普立茲與諾貝爾文學獎的大作家海明威，也曾感受到彷彿「人生中會徹底遺失一個季節」般的孤單與失落感。這是當然的了，因為只要是人，就必然會有產生那種心情的瞬間，因為我們都是不同的個體，同時又不間斷地需要其他人，無法離群索居。

但願你在孤單時，也不要一個人承受孤單。無論是閱讀說出心聲的句子，透過電影、音樂或其他形式的藝術，都願你了解，你的心情一直與某人連結在一起。因為當你感到孤單時，一定會有個人在某處陪你一起孤單。因此，只要戰勝這份孤單，微小的溫暖終究會再次回到你身邊，就像無盡寒冷的冬日離去之後，春天就會不可思議地找上門來。

千萬別認為自己是一個人，
每天感到孤寂。

再深刻的孤獨，至今也捱過來了；
再激烈的悲傷，也走到了這一步。

此外，在那時間中，
有人會為你落淚，有人會欣然借你肩膀，
但願有個人能對你產生共鳴，
並豎耳傾聽令你產生共鳴的故事。

因此別忘了，
始終有人會陪在我們身旁，有人會替我們祈禱，
你對某人來說是個溫暖的人。
而我們是在互相分享溫暖之中，一起活下去的存在。

別再當個好孩子

你總是想當個活潑開朗的人嗎？是否每次都對其他人讓步，或曾經為了不是自己犯的錯而道歉？你想在所有人面前當個好人，害怕被人討厭，哪怕只是一丁點嗎？那麼，也許你已經患了「好孩子情結」。

當然，想當個善良的人的想法本身並不是壞事，反倒顯示出你懂得體諒他人、有顆溫暖的心，但有時這種心態會對自己帶來負面影響。

過去我也是如此，因為不喜歡被人討厭，所以總是努力去迎合他人的要求；因為不懂得拒絕，所以承攬了超出自己負荷的工作；即便是自己討厭、很吃力的關係，也忍著維持下去。可是到最後，卻只讓自己對工作和關係感到倦怠，每次都受到傷害。當時，沒人理解我的心情。對自己疏忽久了，不僅慢慢遺失自己，也無法自在地和他人吐露內心話，只能建立虛假的表面關係。

「原來你有好孩子情結啊！」

「那是什麼？」

「想被所有人喜愛，不想被任何人討厭或指責。」

「仔細想想，好像是這樣。」

「你就只是你，就算有人不愛你、有人討厭你，都不是你能控制的。因為那是那個人的事，而你就只是你。」

你喜歡看漫畫嗎？我從青春期開始就非常喜歡看漫畫，不光是少年漫畫，就連純情漫畫都看得津津有味。有人聽說我喜歡漫畫，還大吃一驚地說：「您也看了很多漫畫嗎？」我並不認為漫畫和書有所區別，或者覺得有失格調，因為透過漫畫也能獲得許多知識和體悟。尤其，漫畫把愛情與友情等關係描寫得栩栩如生，同時也可以學到突破難關、努力朝著夢想邁進的挑戰精神。

以上的對話出自我喜愛的漫畫家韓慧仁的作品《某個特別的一天》。這段話不僅在部落格，也曾在各大論壇深受大家喜愛，這也意味著許多人都具有好孩子情結的困擾。「好孩子情結」是心理學用語，意指只想在他人面前當個好人的心理現象。這種心態本身並不是壞事，但問題在於只顧著在意他人的視線，導致無法充分表達自身情緒。儘管別人可能會說你是善良的人或好人，但你卻傷害了自己最重要的心。

沒必要在所有人面前當個好人，而應該先成為對自己好的人。接受自己原來的樣子，對自己坦誠，如此才能樹立「我」這個重心，不會任意被關係左右。唯有樹立重心，才能建立健康與互相體諒的良性關係。

閱讀韓慧仁的作品，我想給過去努力想成為好孩子的自己一個擁抱，也想對自己說：「不必在所有人面前當個好孩子，也不用拚命想得到愛或避免被討厭，因為光是你的存在本身，就已經值得被愛、值得驕傲了。」

面對自己排斥的關係，沒有必要辛苦維持下去。所有關係都有適當的距離，它會根據情況疏遠或靠近，重要的是帶著堅定的自我中心，保持健康的距離，創造並維持不會輕易被他人左右或傷害的關係。

人生在世，難免會出現一兩個極度討厭我的人，但也沒必要去閃躲。還有，在多數的情況下，當關係過於緊密，在不知不覺中對彼此造成難以承受的沉重壓力時，問題就會發生。正如母親所言，無論是人或家庭，重要的是保持些許距離，通風才會良好……人們並不清楚，「距離」具有多麼偉大的意義，彼此分隔兩地時，我們不會受到傷害，這是驚人的魔法，同時也是絕妙的解決之道。

曾野綾子的散文集《保持些許距離》寫出了「關係中要有適當距離」的細膩洞見，而我也在閱讀的同時，回顧了身邊的關係。我領悟到不必一味地縮短與人的距離，以及每個人都需要保持適當距離的重要性。關係終究都是雙向的，假如必須靠單向的犧牲來維持，就表示這段關係已經不健康了。當你因為這種費力的關係感到疲乏之時，就如同這本書的書名，光是保持些許距離，就能讓自己變得幸福。

細數家人、戀人、朋友等，越是親近的關係，有時就越需要稍微往後退，或者拉開些許距離來觀看的姿態。因為如果靠得太近，就無法看到那個人的全

我也不知道
自己想要什麼

貌，反倒是保持適當距離時，還能發現之前沒見過的全新面貌，也能客觀看待彼此關係是否保持在健康狀態。並不是關係親近就得無條件縮短距離，讓彼此動彈不得，我在想，相信對方，給予彼此能自由活動的空間，也許正是維持良好關係的重要關鍵所在。

世界上沒有能讓我隨心所欲的關係，有些關係不管再怎麼努力都無法靠近，反而乾脆保持遙遠的距離還比較好呢。有時，也會碰到身邊的人無法理解我痛苦的心情，或者想要與我保持距離。儘管當下自己可能很受傷，但也許對方正面臨著我所不知道的困難處境。有時，我們也會想暫時專注在自己身上。此外，有些關係則像是無解的難題般怎樣都解不開，碰到這種關係時，不必為了不順心就太過受傷或失望，保持些許的從容比較好。

別太焦急，所有關係都需要適當的距離，有時會疏遠，有時又會再度靠近。只要接受這個事實，心情就會輕鬆許多，也能掙脫關係所帶來的壓力。反而在我們不處心積慮、自由自在時，和不以糾纏與執著的心態縮短距離時，我們才能維持健康的關係。

我們無法獨自生存，但無論再親密的關係，甚至是父母與子女、夫妻或男女朋友之間都存在著距離——因為我們終究都是不同的個體。只要時時牢記這點，碰到人際關係的各種問題時，就能稍稍自由一些。

最後，我想把這段美好的文字送給在關係中受傷的人。

我的微笑是我的名片，微笑是我最強大的武器。我的微笑具有締結強大的連結、打破生疏的冰冷，以及使暴風雨沉睡的力量。我要成為總是第一個露出微笑的人……今日，我選擇當個幸福的人。

這段文字出自安迪．安德魯斯（Andy Andrews）的小說《七個禮物》（*The Traveler's Gift*）。聽說這本書出版之前，他被許多出版社拒絕了足足五十一次，歷經千辛萬苦才問世的這本書，出版後卻享譽全球，受到廣大讀者的喜愛。這本書融合了作者正向積極的人生觀，儘管兒時他便不幸失去雙親，甚至必須露宿街頭，但他依然沒有失去笑容，以喜劇演員、媒體人和作家的身分出人頭地。

我也不知道
自己想要什麼

但願你也能像小說中下定決心的主角潘德爾，無論面臨什麼樣的苦難，都能有對他人露出微笑的富足餘裕，並以此填滿你的人生。但願你能用這份從容的心，打造寬敞溫馨的空間，在其中建立幸福的關係——時而輕拍彼此的肩膀，為對方打氣，時而保持些許距離，同時又保有各自時間的那種健康又自在的關係。

以為媽媽那樣很好

「媽媽」，這是個光聽就讓人不禁熱淚盈眶的詞彙。我們從媽媽身上得到了偉大的愛。媽媽辛苦懷胎十月，心甘情願忍受巨大的痛苦，讓我們得以見到世界的光明。無論怎麼發牢騷，無論如何傷透媽媽的心，媽媽仍一如既往地給我們溫暖的擁抱。

直到某天，我赫然發現媽媽的額頭與眼尾生出了深刻的皺紋，我的內心瞬間崩塌了。既然乳臭未乾的小鬼長成了威風凜凜的大人，媽媽的年歲當然也會增長，可是，為什麼自己卻從沒想過這種事呢？

我經常把兒時的相本拿出來欣賞，每次體認到媽媽也曾經年輕貌美時，無以名狀的惋惜、感激和愧疚等各種情緒就會瞬間湧上。當我們一步步回溯媽媽走過的人生時，就會再次感受到那份愛有多浩瀚無涯。懷抱這種心情時，有首

我也不知道
自己想要什麼

詩很能引起我的共鳴：

原本以為媽媽那樣也無所謂，
即便媽媽成日在田裡拚命辛苦工作。
原本以為媽媽那樣也無所謂，
即便媽媽在灶前隨便用一團冷飯打發午餐。
原本以為媽媽那樣也無所謂，
即便在酷寒的嚴冬，媽媽卻赤手在河邊刷洗衣服。
原本以為媽媽那樣也無所謂，
即便媽媽讓家人個個吃飽喝足，
卻口口聲聲說自己不餓、沒胃口，讓自己挨餓。
原本以為媽媽那樣也無所謂，
即便媽媽的腳後跟都裂開，棉被還發出了窸窣聲。
原本以為媽媽那樣也無所謂，

即便媽媽的指甲已經磨損潰爛，無法再修剪。
原本以為媽媽那樣也無所謂，
即便被爸爸的怒火攻擊、被子女傷透了心，也依然毫不動搖。
原本以為媽媽那樣也無所謂，
即便媽媽喊著好想外婆、好想外公，
也以為那只是發發牢騷……
直到半夜睡醒，
看到媽媽在角落放聲大哭的模樣，才知道：
啊！原來媽媽不該那樣。

這是詩人沈順德的〈原本以為媽媽那樣也無所謂〉。起初這首詩是收錄於雜誌《美好的想法》創刊一百號的「想在你的愛之中歇息」紀念詩集而為人知，後來則成了廣受喜愛的國民詩。一九六〇年，沈順德出生於江原道的橫溪，是七個兄弟姊妹中的老么，尤其受到媽媽的疼愛。三十一歲時，沈順德的母親離

我也不知道
自己想要什麼

世，在思念之情的驅使下，她因此創作了這首詩。尤其是最後一句話，特別令人動容。

是啊，媽媽不該那樣，真的不該那樣對待媽媽。為什麼我們會把媽媽的愛視為理所當然呢？為什麼老是忘了在身旁的媽媽付出的愛有多珍貴呢？我在看著自己孩子的同時，更深刻地體會到所謂的「父母心」，以及無止境的愛有多珍貴。

二〇〇八年，中國四川發生了大地震，位於成都西北方的汶川縣損失最為慘重，多數建物完全倒塌，甚至無法辨認其形體，許多人也被壓在地底下。為了尋找生存者，無數的搜救隊員四處搜索，在某處發現了一名女性，但令人遺憾的是，她的屍骨已冰冷多時。

她的姿勢很特殊。她的右手拿著筷子，蜷曲的身子彷彿在保護什麼。像是飯吃到一半時，突然發生了地震，於是她慌慌張張地用身體去阻擋落下的泥塊。搜救員小心翼翼地抬起女人的遺體，發現在她懷中有個被花紋毯子裹住的嬰孩平穩地呼吸著，彷彿什麼事情都沒發生似的。對孩子來說，媽媽的懷抱是最溫暖也最舒適的空間。毯子裡頭有一支手機，據說裡頭寫了這樣的訊息：「我親愛的寶貝，如果你能活下來，務必要記得這一件事：媽媽很愛你。」

你是否喊過媽媽的名字呢？又或者是否讓孩子們喊過自己的名字呢？我靜靜地思考了一下，失去名字、總是以「某人的媽媽」走過的人生；將自己放在一旁，只以媽媽的身分走過的人生，那該有多沉重呢？那是必須放棄許多事情，為了孩子而犧牲的人生吧？即便是用孩子的名字稱呼她，想必媽媽也會因此精神百倍、露出笑容並感受到幸福吧。

（亞里斯多德把）真正的幸福稱為「eudaimonia（終極幸福）」，並說這是來自人類本性中最至高、最美好的喜悅。他寫道，「所謂的幸福，是靈魂的活動和美德的結合」，這種至高無上的幸福可以從為了祖國或神明等「崇高名分」犧牲自我性命中找到。

朱爾斯・伊凡斯（Jules Evans）在《活哲學》（*Philosophy for Life and Other*

我也不知道
自己想要什麼

Dangerous Situations）中如此解釋哲學家亞里斯多德說的幸福。確實如他所言，對世上的多數媽媽而言，子女的幸福就等同於自己的幸福，那是為了自己做什麼時無法得到，唯有為了某人犧牲時才能得到的崇高幸福。

對媽媽來說，想必為了子女犧牲，就等於自己的幸福吧。這也是何以我們聽到「媽媽」二字就會忍不住熱淚盈眶的原因。但我們不要只懷抱這種心情，現在就表達對媽媽的感謝和愛意吧。甚至我還會想，希望自己能夠經常用被媽媽遺忘多時的名字喊她。儘管媽媽肯定會說，以「○○的媽媽」走過的人生也很幸福快樂，但媽媽為了我們欣然拋下了名字，假如我們能替她找回用自己的名字生活的幸福，那一定很棒。

現在也經常會從媽媽的口中聽到「對不起」這句話。就算告訴媽媽，沒什麼好對不起的，反而是我覺得既感激又抱歉，似乎也很難說動媽媽。媽媽愛我們的心過於深切，所以才更感覺遺憾吧。媽媽為了子女犧牲了大半人生，卻反而心懷愧疚，這讓我們心疼不已。過去我不太懂這種心情，直到我自己也成為父母之後才稍稍明白。有句話把這種出於愛的虧欠感描寫得很貼切：

媽媽並不畏懼死亡，只是對離開感到抱歉。

這是作家申京淑的《某處響起了要找我的電話聲》中的一句話。究竟是多麼偉大的愛，才會一輩子都犧牲這麼多了，卻對自己的離世仍然心生抱歉呢？想到媽媽懷著這種心情，我心中的感謝與愧疚之情也忍不住油然而生。就是因為太愛彼此，所以才會用「對不起」這句話，來傳達「我愛你」所無法承載的心情吧？

過去我曾看過某個廣告，醫生對著做完健康檢查的人說：「你只剩下九個月的時間。」大家都非常驚慌失措，立刻打開了體檢報告，上頭寫了這麼一段話：「您一定大吃一驚吧？覺得眼前一片發黑嗎？現在的你是怎麼運用時間的呢？通常都是幾點下班，一天又睡幾個小時呢？和朋友見面的時間有多少呢？扣除這些時間，你一輩子和家人度過的時間是九個月。」

這個廣告引起了許多共鳴，而我也同樣帶著盈眶的淚水開始思考，自己花了多少時間和家人相處。

我們在人生中經歷多次的生離死別，雖然光是用想的都覺得傷心，但終有一天也勢必要和媽媽分開吧？因此，我們應該和珍惜的人度過大多數的時間，而我也應該立刻打通電話給媽媽，久違地喊一聲媽媽的名字，並傳達我的心意，告訴媽媽，「我真的很愛妳。」

我也不知道
自己想要什麼

我們一起朝著相同方向去

愛為何物？無論是人、惡魔或其他，我能夠攫取的就只有愛，別無其他。因為它比世上任何東西更能穿透靈魂，進入我們體內。沒有什麼能比愛更能填滿我們的心臟，將其牢牢綑綁。

這是小說《玫瑰的名字》（*Il Nome Della Rosa*）中，安伯托．艾可（Umberto Eco）描述愛的文字。正如「它比世上任何東西更能穿透靈魂，進入我們體內」這句話，愛是極為強大的，無論是任何人，在深陷其中的瞬間，身心就會遭到支配、無法自己，而這正是無數文學、繪畫、音樂等作品以「愛」為主要題材的原因。

說到以愛情為題材的藝術作品，我最先想到的是但丁（Alighieri Dante）

我也不知道
自己想要什麼

的《神曲》（*Divine Comedy*），並不是基於他是文藝復興的先驅，或是佛羅倫斯語因他而成了義大利官方語言這種了不起的理由，而是因為他在故鄉佛羅倫斯留下的愛情故事吸引了我，這個故事也與佛羅倫斯歷史最悠久的老橋（Ponte Vecchio）被稱為「愛之橋」有關。

去過首爾南山塔的人，想必會對戀人們掛上鎖頭、承諾永恆愛情的模樣習以為常，但令我吃驚的是，老橋上也有相同的風景。我查了一下原因才知道，原來傳說中，但丁就是在此遇見了自己永遠的戀人貝緹麗彩。就像透過《神曲》而造就不滅愛情的但丁與貝緹麗彩，年輕的戀人們也在這座橋上約定永恆的愛情。不管在哪，原來人們生活的樣貌都是相似的，原來相愛的人們大抵都是相同的心情啊。想到這裡，我不禁莞爾。

據說，但丁初次見到貝緹麗彩時不過七歲。從初次見面，他就對貝緹麗彩留下了深刻印象，直到九年後再次與她相遇，隨即墜入了愛河。即便貝緹麗彩與他人結為連理，以二十四歲的花樣年紀離世之後，這份愛仍忠貞不渝。但丁以《神曲》這部偉大的作品，將現實中無法實現的愛情昇華了。在這部作品中，貝緹麗彩是偉大的聖女與救援者，扮演了帶領主角走過地獄、煉獄直至天國的重要角色。

但丁對貝緹麗彩的愛，正是柏拉圖式愛情的典型，多虧了《神曲》，直至今日，貝緹麗彩這個名字仍是「崇高的精神之愛」的象徵。事實上，但丁的愛情只是單相思，貝緹麗彩在生前也完全不知道但丁有多麼深愛自己。但丁的愛儘管偉大，但終究只是單戀，無法說是互相扶持、成為彼此的力量、對彼此帶來正面影響的愛情。

那麼，什麼樣的愛情才是值得我們效法的愛情呢？不，愛情是什麼？我們又為什麼要去愛人呢？佛洛姆（Erich Fromm）就在《愛的藝術》（*The Art of Loving*）中以「愛的兩極性」來分析之。就像柏拉圖（Plato）《會飲篇》（*Symposium*）的知名故事，原本人類是兩人合而為一，卻因為神明而一分為二，因此所謂的愛，指的就是去尋找剩下的一半，再次合而為一的過程。佛洛姆引用了足以和莎士比亞或拜倫媲美，受到高度評價的「愛情詩人」魯米（Rumi）的詩作來解釋這種概念，在此就來看一下部分內容：

我也不知道
自己想要什麼

唯有得到愛的人，渴望付出愛的人時，
付出愛的人，也才會渴望得到愛的人。
我明白了，當愛之火花在「此」胸口燃燒時，
愛也才會盈滿「彼」胸口。
……
少了另一隻手，光靠一隻手是無法鼓掌的。

當愛苗滋長時，戀人就會想分享許多事物，一起吃喜歡的食物，分享愛好與興趣。儘管彼此感興趣的事物或喜好可能不同，但交集越多，關係就會越漸入佳境。雖然也可能會為了討對方的歡心而刻意捏造共同點，但假如只有其中一方迎合的愛，必然會碰到極限。

當然，愛必須做出部分犧牲，卻不能是單向的，因為犧牲的一方會失去人生的主體性，也會逐漸彈性疲乏。碰到這種強迫對方犧牲的愛時，通常都主張愛情之中有強者和弱者的存在。其實，過去的我也部分同意這種想法，認為愛得更多的一方會蒙受更多損失，在關係中處於弱勢，但現在我很清楚，這種想

法是大錯特錯。

經過多次的嘗試與失誤，最終我領悟到，愛是凝望相同的方向。這並不是說因為彼此相愛，就必須過著一模一樣的人生。就算是彷彿成為一體的親密戀人，也不可能時時刻刻分享著所有情緒，對戀人來說，彼此要有適當的空間，悲傷、憤怒和傷痛才有機會消褪，也才能注入喜悅和愛意。

當彼此互相體諒時，我們才能擁有美麗的愛情。而且，只有擁有這種愛，我們也才得以成長成人。這樣一來，愛情就是一種關於找到平衡的關係。

若用其他角度來解釋，或許也可以說，愛是牽著彼此的手，並朝著相同方向前進。我不是指戀人整天只凝視著彼此就好，而是平時默默做著自己的事，需要時則緊緊地握住對方的手，朝著相同的目的地前進，同時談天說地，分享彼此的情緒、日常和體溫，就像安東尼·聖修伯里（Antoine de Saint-Exupéry）留下的這句名言：

愛情不是兩人看著彼此，而是凝望相同的方向。

愛得更多的人，是強者

「愛得更多的人是弱者。」

我們不時會聽到這樣的話，因此有人會奉勸想當個「愛情高手」，就必須懂得欲擒故縱，或者不能無條件對對方好，也可能擔憂因為一味付出而讓自己受傷。可是，愛情之中真的有分強者和弱者嗎？而我們還得為了避免成為弱者而控制情感，善於欲擒故縱才行嗎？

我也明白，想到自己是單向付出，對方不懂我的心意時，內心會煎熬不已。我們會覺得彷彿只有自己在意，對方很無情，並感到心急如焚，但愛得比較多的人絕對不是一個錯誤，對戀人說「我更愛你」，也不代表自己就成了弱者。這反而能夠助長愛苗，讓愛變得更堅定。因為愛情並不是計較誰付出得多、誰付出得少的利害關係，而是付出全部後仍無怨無悔的關係。

那麼，「愛得更多的人是弱者」這句話是怎麼來的呢？大概是因為周遭有太多逐漸變成單方面付出的愛情，最後冷卻、分手的例子吧。可是分手的原因，真的是因為太愛另一方造成的嗎？不是的，因為率先在關係中放手、沒有珍惜這份愛的並不是愛得更多的人，而是不付出愛的人。

愛情開始時，每個人都會以為這份愛會永久長存，但令人遺憾的是，多數愛情都有其壽命。不過，重要的是，即便是愛情結束，相較於對更少投入的人，愛得比較多的人會得到更多成長和收穫。剛開始雖然會受傷，但等到傷口癒合之後，內心就會變得更加堅強。這樣的人即使是面對分手的戀人，也能說出「你是個好人」和「能愛上你很幸福」，因為他對愛全力以赴，對愛的人沒有任何遺憾和後悔。

我們都充分具有被愛的資格，但儘管如此，願意愛對方更多、欣然成為弱者，實則才是真正的強者具備的心意。面對愛情時，執意分出強弱，怎樣都不肯成為弱者的人，那個人反而是弱者。

我在回顧過往的戀情時，也同樣對毫不吝惜地付出的愛情毫無遺憾，反而是把得到愛視為理所當然、疏忽對方的關係感到惋惜。不知道某人給的愛有多珍貴的人，終有一天會後悔莫及。

能在人生中遇到愛的人是非常珍貴的經驗，所以我們才會費盡心思想得到所愛之人的心，但事實上，在愛情中真正重要的不是如何建立、開始一段關係，而是如何接納、守護這份愛。換句話說，想要維持愛情，就需要具備如何接納它的正確心態。

我心想，理解他人、去愛他人的心意固然重要，但懂得好好接納那份愛的重要性也不亞於它。接受某人的愛，卻又表現出不冷不熱的樣子，或者反而因為那份愛而讓人變得傲慢的話，這樣的愛不僅悲哀，也是一種浪費。

隨筆作家兼英文學者張英熙教授在《人生僅只一次》中，描述了面對愛情的正確心態。抱持什麼樣的心態開始固然重要，但更重要的是懂得好好接受愛的心態。

讀完這段溫暖的文字，大大地改變了我對愛的觀點。因為過去我只想著讓對方了解我的真心並展開一段愛情，但現在我卻會思考好好地接納愛，對愛心存感謝，以及如何珍惜、守護它的方法。

把某人的愛視為理所當然，因此表現得不冷不熱或傲慢的人，無疑是浪費愛的人。假如此時你正與這樣的人相愛，無須為了他這種行為而受傷或心痛，愛得更多並不是一種錯，反而不懂得好好接受愛才是愚昧的人。

愛得更多，是非常美好幸福的事。假如對方深知這份愛的價值，自然是再好不過了，不過就算對方不懂也無妨。因為懂得好好去愛的人，往後還會有許多遇到美好戀情的機會；因為忠實去愛每分每秒的人，絕對不可能徒然浪費寶貴的時間。

> 行為本身並無美醜之分，我們無論是喝酒、歌唱或對話，沒有任何事本身即是美的。但是，根據行使它的方式，卻會顯露出性格。如果以美好正確的方式行使，它就會成為美好之物，若以不正派的方式行使，它就會變成醜惡之物。

我也不知道自己想要什麼

> 愛也是如此。不是提到愛神（Eros）就是美麗的，唯有引導美麗愛情發生的愛神才是美麗的。

這段文字出自柏拉圖的《會飲篇》，也是關於愛情最歷史悠遠的經典作品。這本哲學典籍記錄了蘇格拉底（Socrates）、柏拉圖等古希臘賢者齊聚一堂，一邊飲酒一邊討論愛情的對話。在該場合，保薩尼阿斯（Pausanias）說出了上面那番話。愛本身並不是美麗的，而是只有在談美麗的愛情時，才具有價值。意即，唯有以正確的心態去愛對方，珍惜、尊重對方時，愛才是高貴而純粹的。

在這本書中有多位哲學家登場，各自表述對愛情的看法。我很好奇，在肉體上、精神上、關於美的故事等各種形式的愛情中，各位對哪一種最有共鳴呢？

閱讀這本書之後，我由衷對保薩尼阿斯述說的愛情觀深表贊同，同時我也下定決心，要追求體諒的愛情，而非自私的愛情；要追求欣然付出的愛情，而非一味接受的愛情，因為這是我所認定的美麗愛情樣貌。只在乎自己的心情，卻疏忽對方的心情，絕對稱不上是美好的愛情。

願妳所愛安然無恙，即我所愛亦安然無恙。

這是作家李到禹的小說《私人信箱一一〇號的郵件》出現的句子，它出現於女主角在男主角的書架上發現的詩集中，我認為這句話不僅優美，同時也洞悉了愛的本質，因為優先詢問對方的安好，這種心意正是愛。

區分強者與弱者、做高下之分，要各種技巧試圖成為強者和高手，這並不是愛。唯有無條件地優先想到對方、體諒對方，毫不保留地付出愛，我們的愛才能安然無恙。唯有世界充滿這種愛情時，每個人才能擁有溫暖柔軟的愛情，而不必為了避免受傷而步步為營。

假如身邊有你心愛的人，
請別懷疑這份心意，
更加毫不保留地付出愛吧，

我也不知道
自己想要什麼

倘若這人擁有得到愛的資格，
必然會懂得你珍貴的心意。

愛得更多的人，是強者。
愛得更多的人，是真正懂得愛的人。

就算所有緣分都有盡頭

在一天內無數擦身而過的人之中，能締結珍貴緣分的人有多少呢？小時候，我們在住家附近、學校、補習班裡結交新朋友，和朋友玩在一起，可是長大成人、出了社會之後，締結新的緣分時卻反而感到猶豫不決，產生障礙。何止如此，過去維持的緣分也如冬日凋零的落葉般接二連三掉落，只覺得更加寂寞與遺憾。

緣分是非常重要的，因為人生中與何人締結何種緣分，會大大左右我們的幸福。締結讓自己疲憊煎熬的孽緣，人生就會跟著變得艱辛疲乏，相反的，如果擁有能夠對彼此帶來力量與正面影響的緣分，人生就會活力充沛。很遺憾的是，要了解真正美好的緣分並延續下去，不是件容易的事。

談及緣分，我的腦中會浮現一位作家，他就是身兼詩人、小說家與散文作

我也不知道
自己想要什麼

家三種身分的皮千得。在他的作品中，最為人熟知的即是下方出自〈因緣〉的句子。

即便思念，有些人在一面之緣後，也可能無法再見；即便一生難以忘懷，但有些人我選擇不再相見，懷著思念而活。

作家以淡雅又充滿感性的文體，描述前往東京留學時所邂逅的緣分，充分表現了對於無法如願的緣分的焦急與惋惜。我個人也很喜歡作家的另一篇散文〈長壽〉，透過他的文章，在如何對待緣分上，我獲益良多。

能清楚回想過去的人，乃是長壽之人，倘若他的生活美好燦爛，那麼即使他過得窮困潦倒，仍是個有福之人。無法記起過去的人，就算他的一生如何燦爛，就如同徹底遺忘了藏寶物品和地點的人般。

雖然很用心生活，但這段話卻讓人自我反省，是不是每天只像臺機器般生活。作家說，我們必須締結美麗的緣分，是因為它讓我們再度體驗昔日時光。儘管每個人都只能活這麼一次，也只能活在現在，但只要擁有美好的緣分，靠著重溫回憶，就可以再度體驗過往美妙的時光。它能使人生變得更加幸福，也正因為如此，我們必須好好珍藏走得很久遠的珍貴緣分。

我雖然不算年長，卻在各種地方邂逅了意想不到的緣分。每一次我都會心想：「啊，真的要用真心去珍惜每個緣分。」出社會久了，我也不自覺地會在與人建立關係時計較利害關係，或者帶著偏見，但這種緣分不會變深，也不會長久。

那是在我進公司之後忙得昏天暗地、四處與人見面的時候。儘管和大家見面時，我總是全力以赴，但有些人根本不把我的真心當成一回事，有些人甚至只會利用我。漸漸的，我對於建立關係、付出真心感到疲乏。就在這時，正好碰上要爭取與重要客戶簽約的時刻，儘管我在這件事情上使出渾身解數，卻不知道為什麼，負責人完全不想和我碰面。我感到很受傷，這時一位前輩對我說

我也不知道
自己想要什麼

了這樣的話：

「只要傳達真心，緣分無論如何都會延續下去。」

聽到這句話，我鼓起了勇氣，每次和負責人見面時，便努力表達我的真心。儘管最後沒能簽成合約，但也許是因為感受到我的誠意，後來客戶主動提議要簽其他合約。簽完合約，一起用餐時，那位客戶對我說：「大部分的人都能一眼看穿，他們嘴上都說自己是真心的，但如果覺得無利可圖就會馬上變臉，但承煥你很老實，態度也從一而終，這點很棒。」

無須把緣分想得太難，倘若眼前有美好的緣分，就對它全力以赴。雖然有時也可能不如己意，但縱使碰到帶來傷害的孽緣，之後也會再次遇見能夠撫慰這個傷痛的美好緣分吧。重要的是不要斤斤計較、矯揉造作，而是要表現自己真誠坦率的一面。在我們建立最重要的戀人關係時，也是相同的道理。

為什麼美好的緣分就在眼前，我們卻只憂心忡忡地想著尚未發生的壞事呢？「真正的緣分，就算想斷也斷不了，但假如不是緣分，再怎麼處心積慮也會分開。」這句話似乎說得很對，因為我們都曾錯失想抓住的緣分，而本來不以為意的人，不知不覺間卻在身旁守護自己。

假如不知道何種緣分會與我一同走下去，那麼面對所有緣分時，我們要採取的姿態就只有一個：別去在意周圍的視線，或者擔心尚未發生的事，而是毫不保留地表現真心。

每天一步一步靠近我吧

人們不再有時間去認識事情了，他們只會購買商店裡的現成物品。可是因為這世上根本沒有販賣朋友的商店，所以人類再也沒有朋友了。如果你想要朋友，就試著馴養我吧。

狐狸小心翼翼地靠近小王子，如此提議。接著，當小王子問該怎麼做才能馴養狐狸時，牠如此回答：

每天一步一步靠近我吧，最好每天能在相同的時間到來。假如你下午四點左右來，那麼我從三點開始就會感到幸福。

這是安東尼・聖修伯里《小王子》（*Le Petit Prince*）的知名段落之一。雖然是一九四三年發表的作品，但至今仍受到許多人的喜愛，尤其如作者所言，「這是為了大人所寫的書」，大人閱讀之後，也能感受到書中蘊含的各種深刻寓意。

其中，我尤其喜愛前面引用的小王子與狐狸之間的對話。雖然讀來簡單，卻充滿了對關係的深刻體悟。有別於逐步靠近彼此的狐狸和小王子，今日的我們已經太過熟悉講求快速效率的文化。若是想和某個人親近，我們不會選擇每天一步一步靠近，而是透過訊息和社群軟體進行二十四小時的「溝通」。乍看之下雖然很輕鬆便利，但用這種方式建立起來的友情很快就會破裂，也很容易疏遠。猶如在商店購買物品般容易親近，又像是扔掉物品般容易疏遠的關係，這真的能稱得上是友情嗎？

不單只是有福同享，也要有難同當，有時也會吵吵架，慢慢累積彼此有所共鳴的許多回憶，這才能叫做好的友情吧？為了建立這種牢固的關係，自然也需要時間。

我也不知道
自己想要什麼

但令人遺憾的是，變成大人的我們卻沒有那麼多時間。學生時代，我們能在相同的空間中共度許多時光，分享各種感興趣的話題，但變成大人、出社會之後，各自都為了每天的工作忙碌，沒有充分運用時間的餘裕，所以也逐漸疏於建立新的友情。

但是，為了擁有更幸福的生活，友情是不可或缺的。無論是開心、悲傷、高興或生氣的事，都需要有能自在分享的朋友。在這個忙著裝扮自己的時代，擁有能夠褪去外皮，以自己全然真實的樣貌示人的朋友；你不必費心打扮、毫不拘束地見面的朋友，在你的身邊，是否也有這樣的友情呢？而又該怎麼做，才能培養這種友情呢？

每當提及友情，我就會想起一篇文章。

真希望自己有個能在晚餐後，可以毫無顧忌地去找他喝杯茶、聊聊天的朋友；真希望在我家附近就有個不必特地換衣服，就算身上散發微微的泡菜味，也不會挑我毛病的朋友。

在下雨的午後或雪夜中，可以踩著雨鞋去找他的朋友：夜深時，可以放心讓對方知道自己空虛的心情，不帶惡意地互相說著他人的事情，之後也不必擔心他會走漏風聲的朋友。假如人只和自己的丈夫或妻子、兄弟或子女分享愛，那怎麼會幸福呢？永遠越不存在，就越需要能永遠互相幫助的真誠朋友。

這是詩人柳岸津的散文集《夢想金蘭之交》中的一段話，她的文體細膩流暢又溫暖人心。我是在還是個國中生的時候，首次讀到這段文字，但至今每次閱讀仍深有共鳴。事實上，詩人所說的友情，不是輕易就能擁有的友誼，彼此要有夠深的信賴才可能發生。每每讀到這段文字，我就會檢視自己，也重新思考關於友情的一切。

對我來說，友情的型態似乎一直在改變。有時我們只會選擇能分享興趣的朋友來往，但有時又會反其道而行，因為生怕被群體冷落，所以無條件地配合其他朋友。仔細想想，當初根本沒有必要那樣做，因為能培養真正友情的，並不是每件事都勉強自己去配合對方，而是互相體諒、著想的心。只要能互相體

我也不知道
自己想要什麼

諒和信賴，不同的性格和喜好等差異將不會阻礙友情，反而能讓彼此的人生更加豐富。

說到理想的友情時，我的腦海中自然而然會想起兩個人——跨越十六歲的年齡差異而累積深厚友誼的卡繆（Albert Camus）和教授讓・格列尼爾（Jean Grenier）。儘管剛開始兩人是師生關係，但很快的，他們就在分享世界與藝術的故事中成了能夠吐露內心的摯友。甚至為了比自己年輕一大截，卻在四十六歲就英年早逝的卡繆，格列尼爾寫下了散文集《追憶卡繆》（*Albert Camus: Souvenirs*）。

> 他不必再特意表露內心的情緒了，因為內心的情感已經非常沉著冷靜地具體化了。所以，有時和卡繆見面時，我會覺得自己被改變了樣貌。但我必須說，這樣的情況極為罕見，通常和他的對話總是愉快詼諧而充滿機智的。

這段話能讓人同時感受到對卡繆的尖銳洞察和坦率深摯的愛。細心地體貼對方，能對彼此帶來知識上的刺激、幫助對方成長，碰到困難時，又欣然帶給彼此力量，這就是真正的朋友吧？這是一種靈魂會隨著時間成長，人生也會更加美麗的關係。

過去曾經和朋友們聊過這樣的話題，就是朋友之間至少要能聊人生的價值觀。儘管愉快地分享一些無關緊要的話題也很重要，但我認為有時能夠分享心底話，才是能使人生更加豐富、更有深度的正向友情。閱讀金英夏作家的散文集《言》時，讓我更肯定這種友情的重要性。

年過四十之後，我明白了一件事，就是朋友根本不怎麼重要。我之前錯了，如果少見點朋友，我的人生應該會更加豐富。我在毫無用處的喝酒場合上浪費了太多時間，朋友們的喜好五花八門、變來變去，性格也各自不同，但我卻為了迎合這些，虛度了太多時光。還不如把那些時間拿來看書、睡覺或聽音樂，或是在街上走路也好。二十歲時年輕的我，以為會和那些朋友走一輩子，往後也有好多事要一起做，所以就算自己吃了虧也去迎合他們。可是根本就不是這

我也不知道自己想要什麼

麼一回事，基於各種理由，最後我和許多朋友漸行漸遠了。比起這件事，仔細傾聽自己的喜好、讓自己的靈魂豐饒一些更重要。

怎麼樣？對金英夏作家的話有共鳴嗎？我個人深表認同。不單是需要有能讓靈魂更加豐富的朋友，尤其是「在毫無用處的喝酒場合上浪費太多時間」這句話，甚至讓人有種當頭棒喝之感。當然，他的話並不是在說朋友一點都不重要，也不需要來往，反而是在強調正向友情的重要性，以及追求使我們的喜好更加豐富、使我們的靈魂更加成熟的關係。透過《言》和《追憶卡繆》，我也再次思考自己應該結交什麼樣的朋友，以及用何種心態守護這份友情。

如果不努力，緣分自然會疏遠、斷掉，愛情和友情也是相同道理。可是，面對愛情，我們至少會知道彼此必須努力，但很奇怪的是，對於友情卻比較容易疏忽、隨便對待。關係一旦斷掉，要恢復並不容易，就像我們為愛付出努力，我們也該為友情付出同等的努力。

互相分享許多回憶的朋友；
能夠拓展我的喜好，不分狀況好壞都能放心依靠的朋友；
能夠撫慰我的靈魂，使我得以成長的朋友；
願你身邊時時能有這樣的朋友。

即使無法百分之百理解，仍然去愛

最近發生了一件很令我受傷的事。我為某件事獨自苦惱了一陣子，好不容易才向以為會理解我的熟人吐露，沒想到他的反應卻很冷淡。

「我還以為是什麼事，這又沒什麼大不了的，何必這麼痛苦？」

站在他的立場，必然是為了安慰我才說這句話，可是卻深深地傷了我的心。雖然我並沒有期望獲得解決方法，但至少希望他能對我痛苦的心情產生共鳴，可是他的反應卻讓我覺得，我這個人隨著這個煩惱都變得微不足道。

這種以為對方會理解我的心情，情況卻恰恰相反的經驗，想必不是我才有。碰到這種事情時，真的會很難過悲傷吧？也會覺得自己和其他人之間產生了很大的隔閡。當然，相反的情況想必也發生過，其他人也必然曾經因為我的不以為意，受到類似的傷害。

想到這邊，我忍不住覺得要理解他人好難，因為就連與佛洛伊德、榮格並列為現代心理學巨匠的阿德勒（Alfred Adler），也曾在《認識人性》（*Menschenkenntnis*）開頭中如此吐露：

長久以來，我們都缺少了對人類的理解，導致彼此變得陌生。我們經常能見到慨歎不懂子女的父母，以及抱怨父母無法理解自己的子女……對於人類的理解，大部分人都很無知，卻又自以為很懂，憑藉著粗淺的知識就想教導他人。

這本書集結了阿德勒在奧地利維也納社區大學一整年的授課內容，並在書中提到「理解人類」猶如伸手摘星般困難。這是當然的了，因為每個人的性格不同，生活方式和經驗也各不相同，對彼此來說都是不折不扣的「他人」。換句話說，為了理解他人，必須拋下自以為很懂人類的想法，並從了解「所有人都互不相同，要完全理解他人很困難」開始。

作家金衍洙也曾在短篇小說集《世界的盡頭我的女友》的〈作者的話〉說

我也不知道
自己想要什麼

過類似的話。

我對於「能夠理解他人」這句話抱持著懷疑態度。我們大多都在誤解他人，我們不該說：「我懂你的心情」，而應該說：「就連你說的話我都聽不懂」。我在發現人類具有這種限制時感覺到了希望。只要我們不努力，就無法理解彼此。在這樣的世界上，存在著名為「愛」的東西。因此，既然愛著某人，我們就非努力不可，而為了他人努力的這個行為本身，就使我們人生有了不枉走過這一遭的價值。

理解他人是非常困難的，需要極大的努力，但或許，我們也為了理解某人而不斷愛著對方。正如金衍洙所言，愛與理解都需要努力，要是認為不必言說也會懂，心意就無法好好傳達出去，彼此也不可能理解對方。關係越是親密，彼此越是相愛，就越需要坦率與積極表達出來。當然，同時也要好好揣摩對方的心情。

理解家人也是相同道理。儘管在同一個屋簷下共度長久的歲月，家人是與自己最為親近的關係，我們卻經常產生錯覺，認為就算不表現出來，家人也自然會理解。

記得小時候，某一天母親突然要我先暫時到朋友家住。雖然不懂其中原因，但我什麼也沒多想，開心地在朋友家住了將近一個月。直到時光飛逝，某天才突然從母親口中聽到事情原委。

「承煥啊，你還記得小時候爸爸病得很嚴重嗎？」

「嗯？我第一次聽說耶，有發生過這種事？」

見到我大感意外的樣子，母親對我說：「你十歲的時候，不是短暫去朋友家住了一陣子嗎？是因為當時爸爸不想讓你看到他生病的樣子，所以才要你去朋友家住一個月。」

剛開始聽到這件事時，我感到很慌張。不是啊，為什麼咧？讓兒子看到生

我也不知道
自己想要什麼

病的樣子又不會怎麼樣。我不懂爸爸為什麼要這麼做，也對家人隱瞞這件事這麼久而生氣，結果母親對我說：「是因為爸爸很愛你，因為太愛你了，所以只想讓年幼的你記住爸爸強壯的英姿，不想讓你記得生病的樣子。」

我是在自己成為父親後，才深切體會到父親的心情。看到女兒的小臉，這才稍稍理解了過去不懂的心情。某些明白就像這樣，必須仰賴經驗。

我曾把這種心情寫成了〈寫給女兒的一封信〉，可能是愛子心切的心情大家很容易代入，這篇文章引發了眾多共鳴。

那天之後，當我想在世界前下跪時，就會思索這句話。
「是因為愛，因為太愛你了。」
現在爸爸非常明白，
爺爺和奶奶對爸爸說「我愛你」時所代表的意義，
那是為爸爸著想的心。

女兒，爸爸想說的就是這個，
無論發生什麼事，
爺爺終究都是愛著爸爸的。

爸爸也是這樣，爸爸非常愛妳。
有時，「我愛妳」這句話可能無法輕易說出口，
可能會表現得很笨拙，或者看起來很彆扭，
但爸爸始終都帶著真心愛著妳。

就算世界看起來太過冰冷，
以致於產生沒人理解自己的念頭，
也希望妳別忘記，爸爸始終都愛著妳。
希望妳知道，爸爸無論何時都會挺妳，為妳加油。

我也不知道
自己想要什麼

希望妳能相信爸爸的承諾，
即使力不從心，爸爸到最後都不會放開妳的手。

因為妳是擁有父親的愛的人，
因為妳是因愛而生的孩子。

女兒，我愛妳。

彼此了解不足就會產生矛盾。無論是面對家人、朋友或戀人，都可能會為了無謂的自尊心而起口角，也會和學校或職場的前、後輩起衝突。就更大的層面來看，地區或國家之間也會因為誤解過深而引起嚴重紛爭。

大概有人會說：「這樣的誤會，時間久了不是會自然化解嗎？」但假如彼此不努力，誤會是不會輕易解開的。重點不在於我們要理解彼此很困難，而是「即便如此」也要為了彼此努力、付出愛。

就算不可能百分之百理解，但也持續傾注關心、試著理解，這就是「愛」。

關於這樣的愛與理解，艾倫·狄波頓的小說《我談的那場戀愛》（*Essays in Love*）中就出現了優美的一幕，是描寫男主角在機場對初次見面的珂蘿葉一見鍾情的模樣。

> 瞬間，我看見了放在珂蘿葉的手肘旁，隨餐附上的小小棉花糖。突然間，有件事變得明確了——與其說我愛珂蘿葉，不如說我被珂蘿葉「棉花糖化」了。我絕對無法得知，棉花糖究竟是發生了什麼事，竟然會突然和我對珂蘿葉的感情變得一致，但這句話有別於被過度濫用、耗損的「愛」，準確地掌握了我的心靈狀態的本質。更令人無法理解的是，我牽起珂蘿葉的手，告訴她我有非常重要的話要說。當我說出：「我被妳『棉花糖化』了。」她似乎完美地理解我說的話。她答道，這是她這輩子所聽過最為甜美的話。

「棉花糖化」的告白，以及理解這句告白是這輩子所聽過最為甜美的話，這終究顯示出「理解」這回事，並非單純取決於話語的準確性，而在於心意的

我也不知道
自己想要什麼

真實性。比起不帶真心的「我愛你」，飽含真心的「棉花糖化」更能傳達愛意。就算無法完美理解某人，但只要帶著真心誠意持續靠近對方，為了多理解一些而付出努力，這樣的行為即是愛。

只要其中蘊含著愛，那麼說是「被草莓化」也好，「被咖啡化」也行。要是招來誤解怎麼辦呢？愛會在無懼誤解時，變得更加茁壯堅韌。因此，要是你愛著某人，別心懷恐懼或猶豫不決，不妨試著傳遞一句帶著真心的話吧，就在此刻。

Chapter 4

完全活出自我

#檢視我的世界

既大膽又自由

你的人生目的是什麼呢？假如有人問我，我應該會回答：「做自己。」想必有人會對這個答案感到有些意外，並且問道：「大家不是都在做自己嗎？」我想對抱持這種疑問的人提問：「現在的你，真的『活出自己』了嗎？」

能爽快地說「對」的人，應該並不多吧，因為超越單純「做自己」的層次，「活出自己」需要苦惱更實際的問題。聽到我的問題，說不定會有更多的人回答「沒有」呢。雖然現實令人哀傷，但相較於做著自己想做的事、自由自在地生活的人，世界上有更多人是被社會既定的框架所束縛，在不情願的事情與關係中焦頭爛額地生活著，就連照顧世界上最珍貴的存在「自己」的空暇都沒有。

活出自己絕對不是件容易的事，在今日的超連結社會中尤其如此。為了活出自己，具備堅定的自尊感固然重要，但像現在成天窺探他人的生活，並與自己做比較的環境中，要守護自尊感並不容易。我們必須銘記這點：即便是看似幸福美好的人生，也必然會有明暗面與優缺點，要是對此視而不見，一心留意自己的缺點，很容易會連優點都失去了。阿姜布拉姆（Ajahn Brahm）在《這一卡車的牛糞是誰訂的？》（*Who Ordered This Truckload of Dung?*）中，向逐漸失去自我的人說了以下的故事：

一位師父建造了一座廟宇，工程結束後，他發現有面牆上有兩塊凸出的磚頭，看起來十分礙眼，於是他每天憂心忡忡地想著：「該拆除這面牆再重建嗎？」每次經過這面牆，他就不由自主地盯著看，要是有誰站在那面牆前頭，他就會感到無比羞愧。直到有一天，有位訪客繞了廟宇一圈，然後靜靜地看著那面牆，忍不住向師父稱讚道：「這真是一面美麗的牆。」師父很訝異地告訴他，牆面上有兩塊磚頭凸出來了，這時訪客卻笑咪咪地看著師父答道：

「雖然我也看到那兩塊沒有疊好的磚塊，但其他砌得很出色的九百九十八塊磚塊卻更吸引我的日光。」

我也不知道自己想要什麼

每個人都很自然會有「兩塊磚頭」的不足，任何偉大之人也不例外，因為我們及人生都不可能完美無缺。然而，人們卻總是過度放大自己的缺點並自我貶低，我們該做的應該是更懂得以自己的優點為傲。

我也經常碰到缺乏自信，又很擔心他人視線的時候。剛開始進行《人生箴言》的AudioClip時，我時常擔心聲音不夠乾淨，或者參雜方言的口音會不會讓人聽起來很彆扭。我在學生時代常因不熟練的發音被取笑，以致產生了自卑的心理。儘管我很努力想要改掉口音，但果然還是招來了許多負評。內心雖然受傷，但我靠著反覆咀嚼以下這段話獲得了勇氣：

> 正如同無法付出愛的人，可能無法得到愛，不信任自己的人，也可能無法獲得他人的認同，因此我們要給予自己無限的寬容。我們是充分具有價值的存在，至少對我來說，「我」這個存在具有此等價值。還有，與其為了他人無情的眼神而耿耿於懷，我們應該記住，即便是擦身而過的淺淺微笑也是正面的表示。在親自確認他人的批判視線與排斥是針對自己之前，希望你絕對不要先對

號入座，無條件接受。

這是德國心理學家芭貝・瓦德茲基（Bärbel Wardetzki）的著作《你無法傷害我》（*Ohrfeige für die Seele*）中的一段話。作者說「要給予自己無限的寬容」，這句話給了我莫大的慰藉，尤其是當對方指責我的缺點時，「不要無條件地接受」，這句話讓我獲益良多。此外，「肯定自己是具有價值的存在，並給予無限的寬容」，則給了我很大的力量。

我們經常聽到「要寬恕他人的過錯」，但事實上，不只是對待他人，對待自己也迫切地需要這種寬宏大量。著有《我要做自己》的作家金秀顯也說過下面的話：

> 我做出的最後結論是，就算世界認定我的存在毫無價值，我也會尊重自己，抬頭挺胸地活下去。

我也不知道自己想要什麼

到頭來，活出自己的人生，始於用正面的眼光看待自己，才是最重要的。我們沒必要在小小的缺點上頭鑽牛角尖，卻貶低自己擁有的無數個優點。在這世上，「我」是獨一無二的，光是活出任何人都不曾有過的人生，我們的人生就已是特別、具有價值與魅力的。即便有缺點，但你卻擁有更多的優點，因此應當以自己為傲，正大光明、自由自在地活出自己的人生。

為了活出自己的人生，我們最該先苦惱的，不是他人的視線或批判，而是進行自我評價、自我回顧，同時問自己：

> 對你來說，什麼是每一天的歷史？去檢視你如何去建構它的習慣吧！那是無數繁瑣與怠惰的產物嗎？抑或是是勇氣和創造性理性的產物？

這是尼采在《歡悅的智慧》中拋出的提問。為了活出自我，關鍵在於持續不斷地對自己提出這樣的問題，不為他人的話語標準動搖，而是自行檢視是否帶著勇氣活出自己的人生。

活出自我，有別於遊覽平靜祥和的湖泊，更像是在浩瀚的大海上乘風航行，時有狂風巨浪襲來，也經常出現苦難時光。但經歷這一切後，一定會找到相較於在小型湖泊遊覽時，絕對無法獲得的崇高人生意義和價值，同時保有面對任何困境都不會動搖的堅定人生態度。

最後，為了活出自我，欣然鼓起勇氣朝著浩瀚大海前進的人，我想把這段激勵話語，來自《希臘左巴》（*Zorba the Greek*）作者卡山扎契斯（Nikos Kazantzakis）的墓誌銘，送給你們：

我一無所求。我毫無所懼。我是自由的。

只要活著，就會有生離死別

「老人家一定去了極樂世界。」

身穿黑白色系的人們向前走來，說了些話安慰母親，周圍穿著黑色喪服的親戚們則傷心地擦拭眼淚。其實大家都明白，無論再多安慰的話都無法百分之百的安慰其傷痛，但仍對前來弔唁之人的短暫陪伴心存感恩。

悲傷以各不相同的大小和模樣，無預警地走向我們。他人終究無法對一個人的悲傷產生全然的共鳴，所以到頭來，承受悲傷依舊是各自的責任。即便經歷看似相似的悲傷，有人很快就能坦然釋懷，有人卻久久無法從絕望中走出，但身為他人，無法判斷何種方式才是對的，因為這都是屬於當事者的責任。

人們對我說，要擁有「勇氣」，但必須擁有勇氣的時機點卻另有其他。當

她臥病在床時，當照顧她的我必須目睹她的痛苦與悲傷時，當我必須隱藏淚水時，當我必須時時刻刻做出某種決定，卻又必須裝作若無其事時——那些時刻的我需要勇氣。

現在，勇氣代表了其他涵義——活著的意志。可是，這件事實在太需要勇氣了。

這段文字出自於哲學家兼批評家羅蘭．巴特（Roland Barthes）的著作《哀悼日記》（*Journal de deuil*）。這本書蒐集了作家在母親離世後所寫的短篇日記和隨筆，出版背後的故事非常引人入勝。每天哀悼著母親的巴特，將記錄著深切思念之情的筆記寫在分成四等分的紙條上，直到羅蘭．巴特死亡後三十年，也就是二〇〇九年，這些被存放在箱子裡的紙條才終於問世。

這本書就如前述的文字般，將羅蘭．巴特感受到的喪母之痛描寫得入木三分。他說，照料生病的母親時需要的勇氣稱不上什麼，真正需要勇氣的，是必須在少了母親的世界上活下去。每每咀嚼一句，都能讓人體會到羅蘭，巴特的

我也不知道
自己想要什麼

傷心有多深切。

外婆過世時，母親無力跌坐在化妝檯前放聲大哭的模樣，至今仍歷歷在目。儘管因為外婆長年生病，有很長的時間能做心理準備，但看到母親在告別式的模樣，我才領悟到這種悲傷無法事先準備好。當時我的內心只想著：「萬一母親或父親過世了，我會是什麼樣子呢？能承受這份悲傷嗎？」

活著，同時意味著必然要和深愛的人離別，面對那人從此不在這個世上的事實。總有一天，我也會經歷在世上任何一處都無法再次見到深愛之人的悲傷，經歷羅蘭·巴特與我的母親曾有過的悲傷。在那樣的悲傷面前，我們幾乎什麼都不能做，只能帶著「有人正在某處經歷著無法丈量的悲傷，而且任何人都曾經有過，或只能擁有這種傷痛」的前提，小心翼翼地給予安慰與哀悼。

哲學家德希達（Jacques Derrida）把笛卡兒的知名格言改成了「我哀悼故我在」，也就是說，唯有對他人的悲傷產生共鳴、傳遞安慰的心，我們才能持續「當一個人」。每個人都會和深愛的人一起生活，因此同樣無可避免失去所愛的悲傷，而學習悲傷、學習哀悼，也等於學習了解自己。

那麼，我們究竟應該如何哀悼呢？譯者兼文學評論家王垠喆教授就在《哀悼禮讚》一書中，介紹了佛洛伊德為了安慰痛失愛子的好友所寄的一封信：

經歷那種失去之後，我們雖然明白極度哀悼的狀態最終會沉澱，但同時也明白我們可能會維持無法獲得安慰的狀態，並且絕對找不到代替的人。無論什麼填補了那個縫隙，哪怕是那個縫隙完全被填滿了，留存下來的也會是某種不同的東西——實際上也非得如此不可，因為那是使我們不想拋棄的愛情變得永恆的唯一辦法。

失去所愛之人後所造成的空隙，我們所有人都懷抱著這樣的傷痛生活著，有時也會不禁想：「心愛的人不在了，我能在沒有他的世界笑得如此開懷、大聲嬉鬧嗎？難道這代表我愛他愛得不夠深嗎？」而這種想法，大抵都會與罪惡感一起找上門來。

然而，碰到離別時，持續沉浸在悲傷之中並不是很好的哀悼方式。正如佛

我也不知道
自己想要什麼

洛伊德所說，最好的哀悼，反而是在離別之後的世界上大哭大笑、大聲吵鬧，因為這才是「使我們不想拋棄的愛情變得永恆的唯一方法」，就像羅蘭巴特與約翰·伯格懷抱著失去摯愛之傷痛，留下了偉大的作品，又或是我母親每天努力和心愛的家人累積幸福的回憶。

之前我曾和朋友聊過，小時候就算接到大半夜打來的電話，也會開心不已，現在卻會心頭一驚，擔心發生什麼不好的事。每個人都不例外，總會碰上離別比相見更頻繁的時期，而這樣的離別，就算經歷再多次也無法習以為常。

但儘管如此，我們依然必須活下去。就像賽跑時接過接力棒的選手般，我們應該用心生活，而不該虛度眼前的時光，同時小心翼翼地分享彼此的悲傷、安慰彼此。因為連同已經逝去之人的份，盡全力地活出幸福，正是我們能為所愛之人做的最佳哀悼方式及愛的表現。

夢想不可能的勇氣

這裡有個奮不顧身地朝著巨大風車全力衝刺的男人，他的雙手提著槍與盾牌，瘦削的身體卻披著尺寸過大的破舊鎧甲。而他所騎的馬也瘦小老邁，不斷地喘著大氣，但他的氣勢卻相當威風凜凜。此人乍看之下瘋癲怪異，但越是去了解他，就越覺得他是個富有勇氣與魅力之人，而他也是我最鍾愛的角色之一——堂吉訶德。

其實對於經典名作塞萬提斯（Miguel de Cervantes Saavedra）的《堂吉訶德》（*Don Quijote de la Mancha*），我小時候只有讀過漫畫書和簡易版本，後來在擔任書籍策展人時才首次接觸完整譯本。看到書本要比字典更厚，而且還足足有兩冊，我不禁大吃一驚，但我稍稍調整呼吸，也效法堂吉訶德朝著巨大風車衝刺的心態上前迎戰。

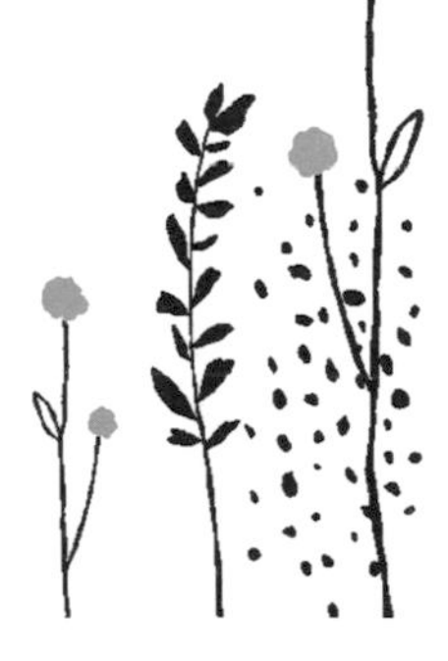

我也不知道
自己想要什麼

雖然分量很龐大，但跟隨堂吉訶德、桑丘和羅西南多踏上愉快且才氣縱橫的冒險旅程，就會自然而然地感到勇氣百倍。書中，堂吉訶德如此說明身為「真正的騎士」的義務與特權：

追逐不可能成真的夢，挑戰天下無敵的對手，承受不可承受之苦痛，踏上無人敢前往的路途，修正難以撼動的錯誤，懷抱單純和善意去愛，保持信念即使疲憊不堪，伸手去摘那遠方的星辰！

夢想不可能，在其中墜入愛情，保持信念，最後伸手觸及星辰！這聽來多少有些浪漫，但我認為這句話仍足以為今日的我們帶來靈感。在這場大冒險的最後，出現了堂吉訶德的墓誌銘：

紳士長眠此地，英名傳遍鄉里；勇士膽略過人，死神害怕三分；一生慷慨豪爽，立志鋤強濟貧；建立豐功偉績，世人交口稱頌；生是癡呆瘋癲，臨終頭腦清醒。

我們能透過《堂吉訶德》學習到不屈的挑戰精神、決斷力和守護信念的強韌勇氣。俄羅斯小說家屠格涅夫曾把人類分成哈姆雷特型和堂吉訶德型。有別於想法很多卻遲遲不去行動的「哈姆雷特型」，「堂吉訶德型」雖然會犯下失誤，卻同時保有勇氣和行動力。《堂吉訶德》透過各種角色描寫出對人類本性的尖銳洞察，挪威諾貝爾學院甚至將它選為文學歷史上最偉大的一部小說。

之所以在此提到堂吉訶德，是因為他身上的勇氣，正是我們人生中最迫切需要的要素。倘若缺乏勇氣，我們將一事無成，有氣無力地度過一天又一天。我們不敢妄想將夢想打造成現實，在心愛的人面前也只會持續猶豫不決。所以歌德（Johann Wolfgang von Goethe）才會這麼說：

失去金錢僅是輕微的損失，失去名譽是極為慘重的損失，然而，失去勇氣，就失去了一切。

我也不知道
自己想要什麼

此外，法國小說家保羅·布爾熱（Paul Bourget）也曾說：

鼓起勇氣，按照所想去生活吧！否則你最終會被生活佔據了思考。

直到現在，每當我站在人生的岔路時，這些格言仍為我注入莫大的勇氣。我經常碰到有人邀我開設寫作課程，但我並不覺得自己善於寫文章，更不認為自己有教導他人的本事，但授課時，我經常會反覆強調這點：想要寫作，就要先鼓起勇氣去寫。

事實上，要成為寫作之人，需要非常大的勇氣。我們會不自覺地和其他好文章做比較，進行自我審查，也會害怕他人的視線或評價，但如果就此退縮，最後就會寫不出任何文章。

採取行動吧，去做點什麼吧，哪怕是微不足道的小事也無所謂。在死神找上門之前，將你的生命打造成具有意義的什麼吧。你並不是平白無故就出生在這世上的，去發現你誕生的目的吧。你的使命是什麼？記住了，你並不是偶然誕生在這世上的。

這是貝納・維貝（Bernard Werber）小說《螞蟻》（*Les Fourmis*）的一段話，這部作品不僅在韓國，也在全世界廣受喜愛。書中充滿驚人想像力的設定，以及令人不禁讚嘆的細膩描寫，讓我在閱讀時手不釋卷，絲毫沒有察覺到時間的流逝。沒有人是平白無故就誕生在這世上，人誕生的任務，不是由社會或他人賦予，而完全是靠自己去發現，這些話無疑帶給了我們莫大的勇氣。

有個例子顯示出一個人的勇氣能對人類的歷史帶來驚人的影響。一九七〇年十二月七日，有個男人果敢地屈膝在某座碑下方，他是當時的西德總理威利・布蘭特（Willy Brandt）。第二次世界大戰時，由於納粹入侵的緣故，波蘭成了慘不忍睹的屠殺現場，而就在波蘭華沙的猶太人紀念碑前，威利・布蘭特打破了大家以為他只會表示默哀與遺憾的預想，跪在紀念碑前謝罪。身為堂堂的國家總理，這個舉動可能會引來政治上的軒然大波，但他認為只有低著頭致敬

我也不知道
自己想要什麼

並不足以謝罪，所以鼓起了勇氣。「雖然一人跪下了，整個德國民族卻站起來了。」威利・布蘭特在過去的歷史問題上做出了最佳示範，受到了世人的讚譽。

除此之外，我們經常能見到為了對抗社會不義，或欣然為了他人犧牲自己的人。因為有無數的人拿出勇氣，為自由與平等、為獨立或民主化、為廢除人種歧視和性別歧視而犧牲，人類文明才能有現今的發展，也才能往更美好的未來前進。

即便是在個人的瑣碎日常，也需要勇氣。舉例來說，改變自己時也需要勇氣；做出對不起某人的事，向對方道歉時，也同樣需要很大的勇氣。此外最重要的，愛人的時候也迫切需要勇氣，而那份愛人的心，將會促使勇氣茁壯。在此我們就來欣賞一下龍惠園的詩〈妳的愛渲染了我的心〉：

我凝望著妳生活，
只要想著妳，愛著妳，
希望就會朝我走來，

世上的一切，就會成為我的囊中物。

我的內心，
無法自拔地、深切萬分地懷念
輕瞥時綻放笑容的妳，
比起心痛，我更渴望得到愛。

要是無法愛妳，
我的心就會無法抑制地萎縮，
寒酸到連活下去的勇氣都沒有。
要是無法以我濃厚的思念去愛，
我將無處可去。

要是無法得到愛，

我也不知道
自己想要什麼

我就會像是被吸入
伸手不見五指的黑暗之中，
我想得到，妳那渲染我心的愛。

想必大家都有因為無法鼓起勇氣而錯失的愛情吧，也曾有過放不下自尊，說不出一句「對不起」，最後對他人造成傷害的情況吧。後來我才領悟，這一切都是因為自己缺乏勇氣與懦弱的心。但在愛情面前，我們不能變得卑鄙，而必須鼓起勇氣。詩人說，少了愛就無法活下去，若換個說法，似乎是在告訴我們，愛能為我們注入最大的勇氣。還有什麼話能比每天早晨、上班前從家人口中聽到一句「加油」、「路上小心」，或者從朋友和戀人的口中聽到的「我愛你」，更能為我們帶來力量？正如詩人所說，缺乏愛的人生，猶如獨自一人在伸手不見五指的黑暗之中，也等於是成了一副缺少勇氣活下去的空殼。因此最重要的是，我們必須帶著勇氣去愛。

我們只能活一次，
這是我們必須帶著勇氣度過每一天的理由。

我們不能去過其他人的人生，
只能活出自己的人生，
因此必須更豁達地進行挑戰。

就算慘敗或失敗也無妨，
因為成功會在其中萌芽，
要是缺乏勇氣，不去做任何嘗試，
雖然不會有失敗，但也不會成功。

勇氣給予我們許多機會，
它使愛與夢想實現，挽回失誤和修復關係，

我也不知道
自己想要什麼

同時也為我們注入自信感和活力。

因此，我們沒有理由不鼓起勇氣，
就算只有往前走一步的勇氣，
也能改變世界、改變自己。

請別失去勇氣，請別放棄，
為了自己的人生與所愛之人，
現在，請握緊在你眼前的勇氣。

他人能成為我的人生意義嗎？

「承煥，你的存在就是我最大的人生意義。」

過去我問父親「您最大的人生意義是什麼？」時，父親曾如此回答。雖然當下心頭感到一陣溫熱，但見到爸爸笑著說最大的人生意義是兒子，而不是自己時，心中又不免隱隱作痛。

每個人都有其人生意義，即便無法立即答出是什麼，但只要用充分的時間仔細思考，一定會找到自己認為珍貴與有價值之物，能為每天帶來生活動力的基本價值。倘若不知道那是什麼，說不定閱讀這篇文章能帶來些許助益。

彼此相愛，既然我們能記住曾經有過的愛，我們就能永遠活在真正記住我們的人心中。你用心栽培的所有愛，都保持原狀在那之中，所有記憶也依然原

我也不知道
自己想要什麼

封不動地留在那裡。你能夠繼續活下來，活在你在此期間碰觸、擁抱的所有人心中。

這是米奇·艾爾邦（Mitch Albom）的著作《最後14堂星期二的課》（*Tuesdays with Morrie*）中的一段話。這本暢銷書不僅在韓國，也在全世界廣受歡迎，因此想必有許多人也讀過。我讀這本書時有很深的感觸，尤其讀到「只要愛的情緒和記憶還留存著，就能繼續活下去」這句話時，頓時彷彿有電流流過全身。它充分表現出關係的不滅性與重要性，只要擁有深愛之人，死亡就不會是生命的盡頭。

各位想以什麼樣子留存在他人的記憶之中呢？此時的言行舉止，是能讓自己成為美麗的人、有意義的人嗎？讀著這段文字的同時，我下定決心要盡可能溫暖親切地對待他人。

《最後14堂星期二的課》是作者每週二去探訪大學恩師墨瑞·史瓦茲教授，請教關於人生、死亡與人生意義之後，彙整訪談內容而成的書。當時墨瑞教授罹患了肌萎縮性脊髓側索硬化症（ＡＬＳ），準備迎接死亡。就像前面那段話，他傳達出「死亡雖然終結了生命，但關係並沒有因此結束」的訊息，幫助我們思索、領悟應該如何度過人生。

為了過毫無意義的生活而庸庸碌碌的人太多了。即便是在為了自認為重要的事情而奔波時，半數的人也與睡覺時無異，這是因為他們在追逐無謂的東西。想活出有意義的人生，就必須為了愛自己的人而活，為自己隸屬的群體奉獻，為能替自己創造生之意義與目的獻身。

是的，想活出有意義的人生，就非幸福不可，而最大的幸福則是透過愛獲得。可是，愛並不是個人的單向情感，而必須是愛著某人，同時又被某人愛著的關係。因此，為了我所愛以及愛我的人，還有為了能帶來人生意義和目的之事獻身，正是使人生具有意義的方法。也就是說，沒必要為了毫無意義的生活忙碌地浪費時間，或一味在意他人的眼光。

我也不知道
自己想要什麼

墨瑞教授說，人生意義在於學習分享與接受愛的方法。正如他所言，雖然我們明知愛的重要，事實上卻從未深入思考該如何充分表達愛，又該如何接受愛。當然，最重要的仍是必須出於真心。

那麼，我們在人生中最應該愛的人是誰呢？過去我並不明白，但隨著年紀增長，卻更深刻體悟到某些人的重要性，他們就是「家人」。因為家人總是像水或空氣般在我身旁，才會把他們視為太過理所當然，忘記了他們有多珍貴。有段文字讓人深切感受到家人的珍貴：

> 該怎麼處置妳的衣服好呢？此時此刻，也有數不清的人家正在思考摯愛之人離世後緊接而來的問題吧。（……）這個問題，猶如不允許任何答案的隱祕疑問般，持續在近處浮現。而我也要在這篇文章中，掛上幾件妳的衣裳。

這是約翰・伯格（John Berger）的散文集《妻子的空房》（*Flying Skirts*）的一段文字。曾榮獲國際文學大獎布克獎的約翰・伯格，是小說家、畫家兼評論家，而在他撰寫的無數書籍之中，我最喜歡這本書。這本書集結了約翰·伯格與一生伴侶的妻子道別後所創作的文章與畫作，讓我深切地思考家人的珍貴與愛的意義。

我讀著前面這段文字，忍不住潸然淚下。因為我對於送走故人後，留下之人必須做的事，以及必須活著面對逝去之人不在的沉痛情境，很能感同身受。「我也要在這篇文章中，掛上幾件妳的衣裳。」這句話所蘊含的真心，也切切實實地傳給了我。還有，我也驀然領悟了父親從前對我說的那句「你的存在是我最大的人生意義」。我最大的喜悅與幸福泉源，同樣也不在遙遠的高遠目標，而是如父親所說，就在咫尺之遙。

追求自身的快樂或目標固然重要，但請別忘了時時守護在自己身旁的家人。希望大家能夠同時追求自己與家人的幸福。

你是我生命的意義。

我也不知道
自己想要什麼

因為有你，我才得以孕育出
看待世界的善良、親切與和善；
因為有你，我才得以不為世界動搖，
沒有誤入歧途，也沒有受到傷害；
因為有你，我才能徹底學到
面對人生的正直態度與對人的信任。

讓我對平凡又渺小的日常
懷抱幸福與感激之情的人，
讓我擁有散發高貴光芒的每一天
以及溫暖情感之人，

你，就是我的人生意義。

我的浪漫大海游泳法

那是發生在某個秋日的事。為了欣賞被染成千姿百態的楓葉，我和妻子、女兒一起前往雪嶽山。想去盡情享受秋日風情的人多到數不清，在我們一家人的正前方，就有一群穿著各種華麗登山裝的中年女性，看著掉落的楓葉情不自禁地喊著：「哎喲，好美啊！怎麼這麼美！」並在彼此的頭上插上一片楓葉。

這幅景象看起來很浪漫，因此我悄悄地露出微笑，在我身旁的女兒似乎也覺得這個畫面很美好，跟著有樣學樣地撿起楓葉，一邊喊著：「哎喲，好美啊！」一邊將楓葉插在頭上。那個模樣實在可愛極了，於是我忍不住大笑出聲。女兒在那天學到了「楓葉好漂亮」這句話，後來也持續講了好一陣子。也因為這樣，當我重返日常忙碌工作時，只要看到路旁的楓葉，我就會想起寶貝女兒的模樣，內心感到幸福洋溢。

我也不知道
自己想要什麼

我忍不住想，幸福果然別無其他，就是在這樣的日常中尋找微小的喜悅和浪漫吧。無論日常再怎麼忙碌、暈頭轉向，也能在其中找到幸福。無論是午休時間抽空來場短暫的散步，一邊啜飲茶，一邊與好友們對話，或是在寒冬呼出熱氣，替心愛的人暖一暖凍僵的手，這些都是日常的喜悅與浪漫。即便只是增添些微的從容，緊湊枯燥的日常也會變得更加柔和。

偶而會驀然萌生這種念頭，明明覺得自己活得很認真，可是為什麼會感到如此空虛呢？我現在過得好嗎？該怎麼做才能過得更好？一連串的疑問與懊悔的思緒導致我輾轉難眠。碰到這樣的日子，懊悔就會滲進胸口，以致淚水一下子落了下來，甚至會因為負面的念頭充斥腦中，全身變得有氣無力。當我們煩惱著自己遺忘了什麼、應該尋找什麼時，我們需要的正是日常的喜悅和浪漫。《哈芬登郵報》（*Huffington Post Korea*）的韓國總編輯金道勳就在《現在，讓我們來談談浪漫吧》中說：

世界充斥著憂鬱症。人因憂鬱症而服用藥物，但這並不只是憂鬱所致，而是大腦傳送了不可避免且不可逆的訊號。向人吐露這件事，靠著自己的雙腳走進醫院，意味著企圖再次整頓自己，尋找與世界再次連結的點。對這樣的人來說，他們需要的是溫柔。溫柔不能救贖你的朋友們，溫柔也不能救贖世界，但是，我們能藉由溫柔發現救贖世界的小小可能性。終究，我們是微不足道的人類。無論用何種方式，微不足道的人與人，終究會豎耳傾聽彼此的心靈，拯救世界。

浪漫即是如此，它並不只是遙想、懷念昔日回憶，而是一種溫柔看待世界，看待自己與他人人生的態度。

聽到「浪漫」二字時，你的腦中會浮現什麼想法呢？倘若此時的你正愛著某個人，想必和那人之間必然有些浪漫篇章吧？除此之外，也必然會有關於舊愛的回憶、與家人幸福度過的時光、在旅行地點盡情享受自由的瞬間等各種「浪漫」吧。想到浪漫，我會想到哥雅、特納的畫作，或是歌德、海涅、拜倫等作家，他們都是促使「浪漫」這個字眼誕生，讓浪漫主義藝術得以開花結果的藝術家。

我也不知道
自己想要什麼

事實上，「浪漫」這個單字是當初日本作家夏目漱石翻譯而來的，以近似音來表達「浪漫主義」（Romanticism），單字本身並沒有特別涵義。時至今日，這個字眼則代表了不受現實的羈絆，憧憬夢想或幻想世界，以感性或理性視角看待世界的態度。正如同這個主動表現個性的時代，浪漫也提供了動力，幫助我們以自由多元的思考追求理想。

浪漫主義是席捲十八到十九世紀的藝術運動，在這之前，支配歐洲的是追求邏輯、理性和平衡的嚴格「古典主義」（Classicism），而浪漫主義的登場即是對這股潮流的反動。浪漫主義認為美麗不在於客觀的理性和平衡，而是取決於主觀感性。歌德的書信體小說《少年維特的煩惱》（*Die Leiden des jungen Werther*），即是這個時期的代表作品。由於它細膩地描寫出墜入愛河之人的情感，因此直至今日仍深受許多人喜愛。在這本書中，也出現了關於浪漫人生的描寫：

> 關於一切如何結束，又具有何種意義，都會帶著謙遜的心去認知的人；察

覺每個從容生活的市民，都懂得以雙手打理小巧的庭園，將其打造成樂園；就連不幸之人，在喘著大氣揹負沉重包袱的同時，也能堅定地走著自己的路，並且知道所有人都想多凝視陽光一分鐘的人——是的，此種人會一言不發地在內在創造自己的世界，而他畢竟也是人類，所以能說自己很幸福。因此，就算受到再多限制，他的內心仍時時懷抱名為自由的快樂情緒——只要自己想要，隨時都能擺脫這個牢獄般世界的那種自由感覺。

即便世界宛如牢獄，只要你願意，隨時都能找回自由，這種感覺即是浪漫。浪漫並不在遠處，尋找屬於自己的微小幸福、培育小盆栽、在睡前閱讀，讓你感到從容自在的一切事物，都屬於浪漫。無論碰到再困難的情況也不感到挫折，不為他人的評價所動，全然忠實於我的情感，一步步走向只屬於我的美麗、只屬於我的路，尋找幸福，這便是浪漫之人具備的驚人能力。

如果覺得人生乏味鬱悶，不如試著在人生中尋找微小的浪漫吧。不在已逝的過去或遙遠的未來，而是在今日我們的眼前尋找並享受浪漫。只要能享受今

我也不知道
自己想要什麼

日的浪漫，你將會領悟到，即便看似黑白的人生，也會在無形中找回自己的彩色光芒。

要是你認為，浪漫是青春才能享受的專利，不妨和我一起讀讀以下這段：

> 柔軟的身材和猶如彈簧般蹦蹦跳跳的腳步，全身散發的生動感，對人生的挑戰和自信感，這些固然美好，但青春之所以美麗，大概是因為這個年紀尚未失去浪漫，依然沉浸在甜美的愛情之中。

這是張英嬉教授《花雨如這晨間祝福般》中的一段話。這篇文章之所以更能打動我，是因為我深知作家的經歷。出生不到一年，她就因小兒麻痺被判定為一級身心障礙，直到小學三年級為止，都是母親揹著她上學。即便在如此艱辛的現實條件下，她仍完成西江大學英文系的學業，獲得紐約州立大學奧爾巴尼分校的英文學博士學位，後來也成為西江大學的教授，教育英才。只是，苦難並未中止，二〇〇一年她被診斷出乳癌，二〇〇四年更被診斷出脊椎癌和肝癌。只要靜靜地吟詠這段文字，就能感受到作家即便過著極為坎坷的人生，卻仍歌頌青春之美的溫暖心意。

作家說，青春之所以美麗，是因為「這個年紀尚未失去浪漫，沉浸在甜美的愛情之中」，但如果換個角度來說，無論任何人，只要能不失浪漫，持續保有甜美的愛情，不也意味著能持續享受青春的人生之美嗎？但願我們都能各自保有屬於自己的浪漫海洋，活出無論何時都能自在優游的美麗人生。

即使如此，人生依然美麗

「兒子，即便現實如此，人生還是非常美麗的。」

想像一下，自己心愛的妻子和孩子一起被關在收容所，那會是什麼樣的心情呢？光是想像就覺得好嚇人，也無法認為世界是美麗的，但即便在這樣的現實中，父親仍竭盡全力避免孩子失去笑容，並且如此說道：「即使如此，人生依舊非常美麗。」——這即是直至今日仍被推崇為經典的電影《美麗人生》（*La vita è bella*）中的一個場面。

正如電影中的臺詞，每個人都希望人生能活得更加美麗，但世界上有太多艱辛與困難，要盡情享受這份美麗並不容易。儘管我們相當在意外在之美，卻很容易疏忽了內在之美。

那麼，要怎麼做才能找到真正的美麗呢？現今到處充斥著物質的豐足和美麗的事物，但我們本能知道，只看表面、只憑物質的豐足，無法找到前述問題的答案，因為我們會產生一股莫名的虛無感。所以，為了找到它的答案，我們會閱讀，也會學習哲學或歷史。

首先，我試著從藝術的時代尋找答案，也就是綻放文化與藝術美麗花朵的時期——文藝復興（Renaissance）。經過黑暗的中世紀，「個人」誕生，也因此衍生出各種關於人與人生之美的思考。

說起代表文藝復興的藝術作品，我首先想到的就是佛羅倫斯的聖母百花大教堂（Cattedrale di Santa Maria del Fiore）。這座大教堂是偉大建築師菲利波・布魯內萊斯基（Filippo Brunelleschi）設計的作品，美麗的穹頂是最大的特徵。布魯內萊斯基發明了透視法，對藝術史帶來極為深遠的影響。有趣的是，他設計聖母百花大教堂的契機是來自於「失敗」。

一四〇二年，為了將聖若翰洗者洗禮堂（Battistero di San Giovanni）的木門改成青銅門時，舉辦了一場雕塑家的選拔賽。這場選拔賽聚集了眾多大名鼎鼎的雕刻家，可說是當代雕刻家一分勝負的大會，而布魯內萊斯基在這場

我也不知道
自己想要什麼

選拔賽中成為最終候選人，最後卻敗給了雕刻家洛倫佐・吉貝爾蒂（Lorenzo Ghiberti）。吉貝爾蒂的作品被米開朗基羅評為「猶如天國的入口般，真想一直站在它前方」，並獲得了「天堂之門」的美名。

結果雖令人失望，但布魯內萊斯基並沒有向失敗屈服。他前往羅馬研究古代建築，再次回到佛羅倫斯後，他打造了前所未有的作品——聖母百花大教堂的穹頂。他那充滿熱情，不因一次失敗而屈服，透過全新挑戰並以偉大建築師之姿名留青史的人生，足以用美麗來形容。

談論人生之美，同時又說起文藝復興與佛羅倫斯聖母百花大教堂的故事，其實是因為我對該地存有幻想，而這份幻想是因閱讀小說《冷靜與熱情之間》而產生。《冷靜與熱情之間》是由辻仁成和江國香織兩位小說家，分別從男女主角的立場書寫，不僅廣受大眾喜愛，甚至曾改編成電影。

我想和你一起登上佛羅倫斯的聖母百花大教堂。當時，我鼓起平時沒有的勇氣說道，為了向我生平第一次的愛情告白。我心想，一定要和這個人一起登上佛羅倫斯的聖母百花大教堂。好，十年後，五月……我認為我會和順正一直在一起，我們的人生始於他處，但必然會在相同地點終結。

提及美麗時，就絕對不能漏掉愛。看著這段文字，我對在佛羅倫斯聖母百花大教堂前宣示愛情的承諾，產生了幻想。我們不時會許下這樣的諾言吧？好比什麼時候在哪裡見個面吧。儘管大部分的約定都無法遵守，但當下做出約定的真心確實是閃亮美好的。想起那時青澀的模樣，我經常會忍不住輕笑出聲。

令我們產生「美麗」感受的並不限於愛情，把他人當作人來愛的愛，同樣是一種極為美麗的愛。還記得《九歲人生》這本書嗎？很久以前一個電視節目曾經介紹過這本深受大眾喜愛的小說，它的作者是魏基喆。這本書以一九六〇年代慶尚道的山村為背景，透過九歲孩子童心未泯的視角，用多情溫暖的目光描繪貧困孤立之人的日常。儘管和現今的背景大相逕庭，但我認為我們能從這本書學習到尋找精神富足的方法。

我也不知道自己想要什麼

人絕對不是孤苦無依的存在，我們彼此能成為對方的力量與安慰，而人生會因此變得美麗。

是的，就在我們成為彼此力量與安慰的時候，就是這些促使人生變得美麗，人生會在互相分享時變得更加美麗。同個節目也介紹過另一本小說，是把花之美連結我們的人生並表現之，而我也想在此和各位分享其中打動人心的句子。

挺起腰桿環視周圍，發現陽光所及之處，綠芽都伸長脖子、探出頭來了。東洙忍不住感到神奇，那些嬌弱的草葉是如何在日照不足的工廠角落捱過漫長的冬日呢？他也不免擔憂，尚如此嬌弱的蒲公英嫩芽，能夠在狹小的鐵門縫隙往下扎根、綻放花蕾嗎？儘管如此，他非常想要見到蒲公英黃澄澄的花朵。東洙蹲坐在蒲公英的嫩芽旁，用指尖拂了拂牆面底部如灰塵般堆疊的細土，覆蓋在蒲公英的根部上頭，並且說道：「你是怎麼捱過這漫長的冬日並探出頭來的呢？很孤單吧？不過，能夠這樣冒出嫩芽，感覺很不錯吧？這裡到處都是朋友，來，你看好了，在我們工廠的旁邊，還有馬路另一頭的鐵工廠前面，不都是你的朋友嗎？我也曾經非常孤單辛苦，但多虧了好友們，現在已經沒事了。我們交個朋友吧。雖然這裡有點窄又不透氣，但你就忍耐一下好好生長吧，我每天早上都會來陪你的。」

讀了這本書之後，我不禁淚如雨下。《黑尾鷗村的兒子》這本小說以「黑尾鷗村是仁川歷史最悠久的貧民區」開始，但它不是用憐憫或同情的視角，而是客觀淡然地描繪被經濟成長的洪流甩在後頭、無勢之人的樣貌。只要閱讀這本書，必定會大受感動。因為我們可以從原本以為會無法生存的蒲公英，卻為了再次綻放美麗的花朵，捱過冷酷的冬日支撐下來的樣貌，感受到超越時代的人生之美。尤其是主角說的「我也曾經非常孤單辛苦，但多虧了好友們，現在已經沒事了。我們交個朋友吧。」特別讓我領悟到，無論我們置身於何種情況，只要有能一同分享安慰的人，人生終究都能變得美麗。

《九歲人生》與《黑尾鷗村的兒子》描述的時代背景確實和現今大相逕庭，

我一方面好奇不了解那個年代的人讀了這本書後會有什麼想法，但我仍相信故事能夠超越時代的力量。

我試著檢視至今能使人生變得美麗的事物。美麗可能像布魯內萊斯基一樣，來自絕不放棄的熱情，也可能從戀人美麗的愛之中找到。此外，也可能像《九歲人生》與《黑尾鷗村的兒子》，源於在艱辛的情況下安慰彼此。若要說它們之間有什麼共同點，那就是這一切的美麗並不在於已逝的過去或遙遠的未來，而是在「此時此地」。

曾獲普立茲獎的詩人瑪莉・奧利佛（Mary Oliver）曾在散文集《完美的日子》（*Long Life*）中如此形容美麗：

冬日的晨霜之間傳來了令人喜不自勝的消息。「美」是具有目的的，能夠直覺到這點，是這一生每個季節賦予我們的機會與喜悅。

你今天看了幾次藍天呢？雲朵的形狀怎麼樣呢？上下班的路上，是否看見

我也不知道
自己想要什麼

了在路旁綻放的野花呢？我們就像這樣，在每天錯失了許多美麗之中生活著。不是只有IG上的照片才美麗，因為恰如詩人所說，季節的變化也蘊含著美麗，而鑑賞藝術或文學作品亦是如此。重要的是藉此培養我們發現日常之美的眼光。但願大家都能在生活中盡情享受日常的各種美麗，如此一來，我們所有人就能化為美麗的花朵，使整個世界花香滿溢。

你和我一起活在這個世上

不知從何時開始，一個人吃飯的頻率變高了。大學時，我還經常因為沒有一起吃飯的人而挨餓呢，但自從進入社會後，就越來越習慣一個人了。可能是因為像我這樣的人變多了，如今生活中獨酌、獨食等用語變多了，餐廳也多了不少一人菜單，大家也不會用異樣的眼光看待隻身行動的人。光看周遭獨居者急遽增加就可得知，消費、居住文化和人們的認知跟著改變也是很自然的事。

從只強調團體的文化改變為尊重個人的文化，這是非常讓人樂見其成的現象，但無論是什麼事，只要有好處，自然也會有壞處。當我們對彼此變得太過漠不關心，就會有人受到社會的孤立，甚至在無人得知的情況下獨自死亡的「孤獨死」事件也時有所聞。假如是出於自願倒還無妨，但若是在非自願的情況下遭受孤立的人越來越多，就會變成一種問題。那麼，我們如何在「一個人」與

「一起」之間取得平衡呢？

其實這兩者對我們來說都很重要。人既是個人的存在，但同時又是社會性的存在。任何人都無法獨自出生，也無法獨自活下去。我們的名字，唯有在他人呼喚時才具有意義。既然我們不是像《魯賓遜漂流記》一樣被困在無人島，就應該持續和他人建立關係。在愛或友情等人生中非常重要的價值中，很多時候都需要有他人的存在，因此，心理學家兼大眾哲學家斯文德・布林克曼（Svend Brinkmann）才會在《需要哲學的瞬間》（*Standpoints*）一書中稱呼我們為「關係性的存在」：

> 必須關心其他人的理由，在於人生是相互依存的。無論以何種方式，活著基本上就是和他人建立關係，並藉此取得其人生中的某樣東西。

相愛的兩人相遇時，最先做出的舉動就是牽起彼此的手。布林克曼說，我們的人生也像這樣，是一場對某人伸出手，同時握住別人伸出的手的旅程。人生就是對彼此伸出手，並緊緊握住對方的手，這句話精準的點出我們是「關係性的存在」，也描寫得很優美。

然而，即便如此強調社會性和關係性，也絕不表示我們必須回歸從前的大家庭或團體主義的生活，而是必須尊重個人的性格、喜好和自由，也需要能夠同行的全新關係。我們必須打造能夠共享價值的全新共同體，它可能是擁有相同愛好的小聚會，也可能是透過分享或當義工參與社會的聚會。無論是何種型態，都必須不間斷地和他人建立關係、打造共同體。關於追求幸福，何以必須和他人同行，而不是只靠自己一個人，佛洛姆在《愛的藝術》中如此說明：

> 在對自己的愛與對他人的愛之間不可能會有「分工」。相反的，愛他人則會成為愛自己的條件。

想要幸福，就愛自己吧。至今為止，我們聽過這種話無數次，不過佛洛姆說的卻正好相反，唯有去愛其他人，才能愛自己。他這麼說的理由是什麼呢？

只要想像一下小寶寶，就能清楚知道。小寶寶不會先學習愛自己或學習愛的一切，然後才開始去愛，而是從愛父母或家人等他人來逐步學習。也就是說，愛從一開始就是面向外部對象的活動。因此，佛洛姆說，愛不是個人情感，而是與某個人一起從事的活動；不是獨自缺席，而是共同參與的行為。

愛不是被動的情感，而是一種主動的活動。愛是「參與」，而不是「缺席」。若以最一般的方式來形容愛的主動性格，愛原本就是「給予」而非接收。

《愛的藝術》這本哲學散文集充滿了關於愛、關係與幸福的洞察，一九五六年出版至今，仍深受大眾喜愛。它也說明了，強調個人的當代，我們何以必須花更多心思去思考關係，好好學習愛他人的方法。儘管會有想要獨處的時候，但我們也討厭孤單，是因為我們終究是在愛著某人、分享情感與日常時，才會感受到活著、感受到幸福的存在。

有個個人經驗讓我再次思索關於愛與關係的重要性。某天我出外勤，在結

我也不知道
自己想要什麼

束工作、準備下班時，在地鐵站前看到一位《大誌》（*The Big Issue*）販售員。我正在考慮要不要買一本，還是算了的時候，這時正好看到雜誌後面附了像是信件的東西。我突然很好奇那裡面有什麼內容，於是買了一本。

信件是手寫的，記錄了販售員一整天的工作感想。說實在的，直到閱讀之前，我都還以為是很陰沉、很悲傷的內容，但這種想法很快就化為烏有。時而淡然、時而感性描寫的日記體文字，作為一篇散文也毫不遜色，也是一篇蘊含對世界、對人的真心與溫暖視角的好文。在無形中生成的偏見，頓時令我羞愧得無地自容。

隔天，我再度來到地鐵站前，向販售員打了聲招呼，並小心翼翼地表示我認真讀完了信件，也分享了我的感想。他露出很開心的笑容，和我分享了各種故事，愉快地對話完之後，他的表情看起來不一樣了。此時站在我眼前的，不再是街友出身的雜誌販售員，而是打照面時會打招呼，也會和彼此分享人生故事的朋友。

我們隨著受到盛情款待，進入社會中擁有一席之地而成為人。成為一個人，意味著尋找位置／場所。款待是讓出位置的行為……將我們形塑成人的，不是抽象的觀念，而是我們每天從不同的人所接受的接待。

在這件事之後，我一邊重讀金鉉京的著作《人，場所，款待》，一邊點頭如搗蒜。倘若我沒有閱讀附在雜誌上的信件，沒有和販售員有過這番對話，我就會持續帶著充滿偏見的眼光看他。直到閱讀文章、與他對話之後，我也才能以人的角度、以一同在社會上生活的夥伴的角度視之。

我們一起生活在這世上，所有活著的存在都有幸福的資格。只是，為了獲得真正的幸福，我們必須對珍貴的人事物傾注心力，懂得去愛才行，因為唯有懂得愛的人，也才能充分得到愛。

現在，請試著回想我所愛的人，家人、朋友、另一半、職場同事……唯有我們能和每天見面的人互相給予愛、自在地溝通，才能說我們是幸福的。無論其他時候再怎麼順利，只要和重視的人之間的關係變調，就很容易變得不幸。

我也不知道
自己想要什麼

任何人都無法獨自變得幸福，因為發生開心或悲傷的事情時，我們都需要有能與之分享的人。

因此，若是對每天的人生感到力不從心，
不要獨自承受煎熬，
請朝著我愛的人，以及愛我的人走近一步吧。

那個人也很辛苦呀。
他會不會因此討厭我呢？
請別獨自窮擔心這種問題。

借他人的肩膀，吐露內心話，
有時則出借自己的肩膀，
對彼此碰到的悲傷與困難的事，

互相給予安慰。

若是希望獲得某人的愛，
就必須先鼓起勇氣去愛。
因為愛，會在傳遞愛的時候更加壯大。

但願活在這世上的所有人，
都能一起得到幸福，
希望大家都能擁有滿滿的幸福。

但願你別感到害怕或恐懼，並欣然地付出愛。
因為這正是愛自己的最佳方法，
也是能確保所有人都能幸福的方法。

後記

為何不是人生之書，而是人生箴言

成為「讀書給你聽的男子」已過了七年，正如頻道的宣傳口號「在美麗的文字中珍藏溫暖的心意」，一開始，我希望能夠透過美好的文字，為索然無味的日常帶來些許溫度和安慰，但令人感激的是我得到了許多人的激勵與愛，反而是我獲得了更多力量。

我曾經是個有點內向，喜歡在讀完書之後分享佳句的平凡孩子。只要翻開書頁，就會全然沉浸在其中，渾然不覺時間流逝；邂逅優美的句子時，胸口就彷彿有一股暖流通過。或許這也很理所當然，因為書中融入了一個人的人生與其深刻的思維。我將這些文字當成指南針，找到人生的方向，在我每每感到艱辛、看不到未來時，從中獲得慰藉，也找回了希望。

開始經營《讀書給你聽的男子》這個頻道的目的也一樣，是想要分享我所得到的感動。這些時光帶來了一連串的歡欣與詫異，因為透過書和文字的媒介，我看到人人不分男女老少有著相似的情感、分享安慰，彷彿是世界上前所未見的特別共同體存在。

能夠達成這個目標，最大的功臣自然是留下好書、美好文字的優秀作家們。有些人在文章中描寫悲傷與孤獨，有些人則是寫下了喜悅與歡欣。神奇的是，閱讀真正的好文時，就像是背誦魔法咒語般，蘊含在字裡行間的喜怒哀樂也原封不動地傳達到自己身上。因此，蘊含人的一生與情感的文字，即便只是短短的幾個句子，也能成為帶給他人無限感動的「人生箴言」。

經常有人認為書一旦翻開，就必須讀到最後，或者過度強調「廣泛閱讀」的重要性，但我認為，為了領悟閱讀的樂趣，就必須拋棄這種偏見。因為假如能透過一本書或幾頁的閱讀就發現「人生箴言」，那麼就沒必要計較是否從頭到尾讀完了書，或者讀了多少本書。也因為如此，我在《我也不知道自己想要什麼》這本書中，選擇介紹的是「人生箴言」，而非「人生之書」。

我也不知道
自己想要什麼

《我也不知道自己想要什麼》並不是靠我一己之力完成，而是因為有賦予我許多靈感的無數作家和蘊含其靈魂的文字，最重要的是，有隨著文字一同哭泣歡笑的讀者，不才的我才得以鼓起勇氣完成這本書。

籌備這本書的過程非常幸福，我也得以再次檢視喜愛的書籍，以及深受眾人喜受的句子，並且再次琢磨一本書所擁有的治癒力量。由衷盼望各位能透過這本書，遇見讓冰凍如霜的心融化的溫暖文字、說出自己內心的文字，迎接人生有所改變的神奇經驗。

全承煥

二〇二〇年一月

附錄
本書的「人生箴言」出處

【第一章】

- 夏目漱石，《我是貓》，劉子倩譯，大牌出版，二〇二一年
- 鄭浩承，〈關於谷底〉，《這短暫的時間》，二〇〇四年
- 申亨哲，《學習悲傷的悲傷》，二〇一八年
- 鄭在燦，《給遺忘詩的你》，二〇一五年
- 艾倫・狄波頓（Alain de Botton），《我愛身分地位》（Status Anxiety），陳信宏譯，先覺，二〇〇四年
- 齊克果（Søren Aabye Kierkegaard），《焦慮的概念》（The Concept of Anxiety），一八四四年
- 成秀善，《獨自的我，寫給獨自的你》，二〇二一年
- 金東永，《全然安慰自己》，二〇一〇年
- 金歐澈，《不只是遠方，把每一天過成一趟旅行》，陳品芳譯，時報出版，二〇二一年
- 羅曼・加里（Romain Gary），《雨傘默默》（La Vie Devant Soi），黃琪雯譯，寶瓶文化，二〇一三年

我也不知道
自己想要什麼

- 禹鍾英，《像樹那樣生活》，何汲譯，遠流，二〇二二年
- 里爾克（Rainer Maria Rilke），《給青年詩人的信》（Briefe an einen jungen Dichter），馮至譯，聯經出版，二〇〇四年
- 金宗三，〈漁夫〉，《擊鼓的少年》，二〇一三年
- 保羅．科爾賀（Paulo Coelho），《魔法的瞬間》（The Magical Moment），葛增娜譯，TRENDY文化，二〇一六年
- 許秀卿，《在沒有你的陪伴下走著》，二〇一五年
- 安度昡，〈有面白面圍牆〉，《白石評傳》，二〇一四年
- 鄭浩承，〈致水仙花〉，《致水仙花》，二〇〇五年
- 金衍洙，《無論你是誰，無論有多孤獨》，二〇〇七年
- 埃里希．佛洛姆（Erich Fromm），《愛的藝術》（The Art of Loving），梁永安譯，木馬文化，二〇二一年
- 艾力．賀佛爾（Eric Hoffer），《路上的哲學家》（Truth Imagined），一九八三年
- 齊克果（Søren Aabye Kierkegaard），brainyquote.com/quotes/105030
- 淺田次郎，《王妃之館》，二〇〇四年
- 朴蓮浚，《騷動》，二〇一四年
- 孔子，《論語．陽貨篇》，ctext.org/analects/yang-huo/zh#n1560
- 孔子，《論語．憲問篇》，ctext.org/analects/xian-wen/zh#n1471
- 全承煥、崔正恩，〈只為你寫的文章〉，《讀書給你聽的男子》story.kakao.com/ch/thebookplace/ePEiuu5IcJ0

- 村上春樹，《挪威的森林》，賴明珠譯，時報出版，二〇一八年
- 孔枝泳，《孔枝泳的修道院紀行》（全兩冊），二〇一四年
- 米開朗基羅（Michelangelo），goodreads.com/quotes/115896
- 金素妍，《心靈字典》，二〇〇八年
- 金鉉京，《人，場所，款待》，二〇一五年
- 馬克．曼森（Mark Manson），《管他的》（The Subtle Art of Not Giving a F*ck），鍾玉玨譯，大塊，二〇一七年
- 克莉司德．布提可南（Christel Petitcollin），《想太多也沒關係》（Je pense trop），楊蟄譯，大樹林，二〇一七年
- 白昌宇，〈不是喝了一杯就能聊的話題〉，《路盡之處，會開啟另一條路》，一九九六年
- 波特萊爾（Charles Pierre Baudelaire），〈沉醉吧〉，《巴黎的憂鬱》（Le Spleen de Paris），郭宏安譯，新雨，二〇一二年
- 全承煥，〈一杯酒〉，《對自己說聲謝謝》，二〇一六年

【第二章】

- 黃庚信，〈或許你〉，《深夜十二點》，二〇一三年
- 朴勞解，〈冬日之戀〉，《因此你別消失》，二〇一〇年
- 孔子，《論語．子罕篇》，ctext.org/analects/zi-han/zh#n1336
- 娜塔莉．柯納（Natalie Knapp），《不確定的日子的哲學》（Der Unendliche Augenblick），二〇一五年

我也不知道
自己想要什麼

- 趙炳華，〈散步〉，《愛的露宿》，一九九三年
- 盧梭（Jean-Jacques Rousseau），《一個孤獨漫步者的遐想》（Les Rêveries du promeneur solitaire），袁筱一譯，自由之丘，二〇二〇年
- 尼采（Friedrich Wilhelm Nietzsche），goodreads.com/quotes/634773
- 李愛璟，《淚水停止的時間點》，二〇一三年
- 莎士比亞（William Shakespeare），《哈姆雷特》（Hamlet），梁實秋譯，遠東圖書，二〇一六年
- 鄭浩承，〈在下初雪的日子見面吧〉，《草葉也會有傷口》，二〇〇二年
- 李海仁，〈時間的禮物〉，《李海仁詩集1》，二〇一三年
- 普魯斯特（Marcel Proust），《追憶似水年華》（À la recherche du temps perdu），聯經出版公司，二〇一五年
- 亨利．梭羅（Henry David Thoreau），《湖濱散記》（Walden; or Life in the Woods），林麗雪譯，野人，二〇二〇年
- 岸見一郎，《為愛徬徨的勇氣》，葉小燕譯，究竟，二〇一八年
- 王爾德（Oscar Wilde），goodreads.com/quotes/491041
- 金光石，youtube.com/watch?v=0HMTS4jcLu4
- 維克多．雨果（Victor Hugo），〈致某詩人〉，《雨果的視線》，二〇一八年
- 朴雄賢，《人生的八個關鍵字》，葉雨純譯，圓神，二〇一四年
- 吉本芭娜娜，《成為大人這回事》，二〇一五年
- 赫曼．赫塞（Hermann Hesse），《徬徨少年時》（Demian），林倩葦譯，遠流，二〇一七年

附錄｜

本書的「人生箴言」出處

- 安娜・瑪麗・羅伯森・摩西（Anna Mary Robertson Moses），《人生永遠不嫌太遲》（Grandma Moses: My Life's History），一九五二年
- 辻仁成，《請給我愛》，二〇〇三年
- 鄭熙在，《也許我最想聽到的話》，二〇一七年
- 普魯斯特（Marcel Proust），goodreads.com/quotes/33702
- 安徒生（Hans Christian Andersen），《安徒生故事選》（Fairy Tales by Hans Christian Andersen），劉夏泱譯，如果出版社，二〇二一年
- 李秉律，《吸引 TRAVEL NOTES》，黃孟婷譯，大田，二〇一六年
- 艾倫・狄波頓（Alain de Botton），《旅行的藝術》（The Art of Travel），廖月娟譯，先覺出版，二〇〇二年
- 金惠男，《30歲前一定要搞懂的自己》，蕭素菁譯，大田，二〇二一年
- 歐普拉（Oprah Gail Winfrey），goodreads.com/quotes/8798
- 村上春樹，《挪威的森林》，賴明珠譯，時報出版，二〇一八年
- 賈西亞・馬奎斯（Gabriel García Márquez），《活著是為了講述》（Vivir para contarla），二〇〇二年
- 李海仁，〈回憶日記2〉，《李海仁詩集1》，二〇一三年
- 金城一紀，〈戀愛小說〉，《對話篇》，二〇〇三年
- 荷馬（Homer），《奧德賽》（Odyssey），呂健忠譯，書林，二〇一八年
- 加斯東・巴舍拉（Gaston Bachelard），《空間詩學》（The Poetic of Space），龔卓軍譯，張老師文化，二〇〇三年
- 李文宰，〈玩笑〉，《帝國飯店》，二〇〇四年

我也不知道
自己想要什麼

- 許秀卿，《在沒有你的陪伴下走著》，二〇一五年
- 鄭容轍，〈某天，驀然〉
- 韓歸恩，《行走於夜晚的句子》，二〇一八年
- 金龍澤，〈只因月亮升起，就給我打了電話〉，《你，勇往直前的愛情》，二〇〇二年
- 許秀卿，〈致夜裡躺下的你〉，《該死的，冰冷的心》，二〇一一年
- 辛波絲卡（Wislawa Szymborska），〈僅只一次〉，《給我的詩：辛波絲卡詩選 1957-2012》，林蔚昀譯，黑眼睛文化，二〇一三年
- 尼采（Friedrich Wilhelm Nietzsche），〈歡悅的智慧〉（Die fröhliche Wissenschaft），《尼采如是說》，陳永紅譯，野人，二〇二二年

【第三章】

- 李龍采，〈只能獨自一人的理由〉，《The Love Letter》，二〇〇〇年
- 費茲傑羅（F. Scott Fitzgerald），《大亨小傳》（The Great Gatsby），徐之野譯，新經典文化，二〇二二年
- 海明威（Ernest Hemingway），《流動的饗宴》（A Moveable Feast），成寒譯，時報出版，二〇〇八年
- 韓慧仁，《某個特別的一天》，二〇〇三年
- 曾野綾子，《保持些許距離》，二〇一五年
- 安迪．安德魯斯（Andy Andrews），《七個禮物》（The Traveler's Gift），徐憑譯，高寶，二〇一〇年

附錄｜

本書的「人生箴言」出處

- 沈順德，〈原本以為讓媽媽那樣也無所謂〉，《想在你的愛之中歇息》，二〇〇〇年
- 朱爾斯．伊凡斯（Jules Evans），《活哲學》（Philosophy for Life and Other Dangerous Situations），呂家茵譯，眾生，二〇一五年
- 申京淑，《某處響起了要找我的電話聲》，二〇一〇年
- 安伯托．艾可（Umberto Eco），《玫瑰的名字》（Il Nome Della Rosa），倪安宇譯，皇冠，二〇一四年
- 埃里希．佛洛姆（Erich Fromm），《愛的藝術》（The Art of Loving），梁永安譯，木馬文化，二〇二一年
- 聖修伯里（Antoine de Saint-Exupéry），goodreads.com/quotes/2102
- 張英熙，《人生僅只一次》，二〇一〇年
- 柏拉圖（Plato），《會飲篇》（Symposium），朱光潛譯，五南，二〇二二年
- 李到禹，《私人信箱一一〇號的郵件》，王品涵譯，暖暖書屋，二〇一八年
- 皮千得，《因緣》，二〇〇二年
- 聖修伯里（Antoine de Saint-Exupéry），《小王子》（Le Petit Prince），鄭麗君譯，聯經，二〇二二年
- 柳岸津，《夢想金蘭之交》，二〇一一年
- 讓．格列尼爾（Jean Grenier），《追憶卡繆》（Albert Camus: Souvenirs），一九六八年
- 金英夏，《言》，陳思瑋譯，漫遊者文化，二〇二二年
- 阿爾弗雷德．阿德勒（Alfred Adler），《認識人性》（Menschenkenntnis），區立遠譯，商周出版，二〇一七年
- 金衍洙，《世界的盡頭我的女友》，胡絲婷譯，暖暖書屋，二〇一九年

- 全承煥，〈寫給女兒的一封信〉，《讀書給你聽的男子》，story.kakao.com/ch/thebookplace/g14AfQyiOQ0
- 艾倫・狄波頓（Alain de Botton），《我談的那場戀愛》（Essays in Love），林說俐譯，先覺，二〇〇一年

【第四章】

- 阿姜布拉姆（Ajahn Brahm），《這一卡車的牛糞是誰訂的？》（Who Ordered This Truckload of Dung?），二〇〇五年
- 芭貝・瓦德茲基（Bärbel Wardetzki），《你無法傷害我》（Ohrfeige für die Seele），二〇〇四年
- 金秀顯，《我要做自己》，尹嘉玄譯，文經社，二〇一九年
- 尼采（Friedrich Wilhelm Nietzsche），〈歡悅的智慧〉（Die fröhliche Wissenschaft），《尼采如是說》，陳永紅譯，野人，二〇二一年
- 卡山扎契斯（Nikos Kazantzakis），goodreads.com/quotes/93771
- 羅蘭・巴特（Roland Barthes），《哀悼日記》（Journal de deuil），劉俐譯，商周出版，二〇一一年
- 王垠喆，《哀悼禮讚》，二〇一二年
- 米格爾・德・塞萬提斯（Miguel de Cervantes Saavedra），《堂吉訶德》（Don Quijote de la Mancha），楊絳譯，聯經，二〇一六年
- 歌德（Johann Wolfgang von Goethe），azquotes.com/quote/776255

附錄｜

本書的「人生箴言」出處

- 保羅·布爾熱（Paul Bourget），goodreads.com/quotes/538125
- 貝納·維貝（Bernard Werber），《螞蟻》（Les Fourmis），尉遲秀譯，商周出版，二〇二二年
- 龍惠園，〈妳的愛渲染了我的心〉，《因為愛》，二〇〇三年
- 米奇·艾爾邦（Mitch Albom），《最後14堂星期二的課》（Tuesdays with Morrie），白裕承譯，大塊文化，二〇一八年
- 約翰·伯格、伊凡·伯格（John Berger, Yves Berger），《妻子的空房》（Flying Skirts），二〇一五年
- 金道勳，《現在，讓我們來談談浪漫吧》，二〇一九年
- 歌德（Johann Wolfgang von Goethe），《少年維特的煩惱》（Die Leiden des jungen Werther），管中琪譯，野人，二〇二一年
- 張英嬉，《花雨如這晨間祝福般》，二〇一〇年
- 辻仁成、江國香織，《冷靜與熱情之間（紅與藍）》，陳寶蓮譯，方智出版，二〇〇二年
- 魏基喆，《九歲人生》，王凌霄譯，晨星，二〇一一年
- 金重美，《黑尾鷗村的兒子》，二〇一一年
- 瑪莉·奧利佛（Mary Oliver），《完美的日子》（Long Life），二〇〇五年
- 斯文德·布林克曼（Svend Brinkmann），《需要哲學的瞬間》（Standpoints），二〇一八年
- 埃里希·佛洛姆（Erich Fromm），《愛的藝術》（The Art of Loving），梁永安譯，木馬文化，二〇二一年
- 金鉉京，《人，場所，款待》，二〇一五年

HEART
心|視野　心視野系列 110

我也不知道自己想要什麼

내가 원하는 것을 나도 모를 때

作　　　者　全承煥
譯　　　者　簡郁璇
封 面 設 計　鄭婷之
版 型 設 計　楊雅屏
內 文 排 版　許貴華
責 任 編 輯　洪尚鈴
行 銷 企 劃　黃安汝・蔡雨庭
出版一部總編輯　紀欣怡

出　版　者　采實文化事業股份有限公司
業 務 發 行　張世明・林踏欣・林坤蓉・王貞玉
國 際 版 權　鄒欣穎・施維真
印 務 採 購　曾玉霞
會 計 行 政　李韶婉・許俽瑀・張婕莛
法 律 顧 問　第一國際法律事務所　余淑杏律師
電 子 信 箱　acme@acmebook.com.tw
采 實 官 網　www.acmebook.com.tw
采 實 臉 書　www.facebook.com/acmebook01

I S B N　978-626-349-058-1
定　　　價　380元
初 版 一 刷　2022年12月
劃 撥 帳 號　50148859
劃 撥 戶 名　采實文化事業股份有限公司
104臺北市中山區南京東路二段95號9樓
電話：(02)2511-9798　傳真：(02)2571-3298

國家圖書館出版品預行編目資料

我也不知道自己想要什麼 / 全承煥著 ; 簡郁璇譯 . -- 初版 . -- 臺北市 : 采實文化事業股份有限公司 , 2022.12
面 ;　公分 . -- (心視野系列 ; 110)
譯自 : 내가 원하는 것을 나도 모를 때
ISBN 978-626-349-058-1(平裝)

862.6　　　111016788

내가 원하는 것을 나도 모를 때
(WHEN I DON'T KNOW WHAT I WANT)
by SeungHwan Jeon

Original Korean edition published by DASAN BOOKS Co., Ltd.
Traditional Chinese character edition is published
by arrangement with DASAN BOOKS Co., Ltd.
through BC Agency, Seoul & Japan Creative Agency, Tokyo